稻田读书 主编

去野

浙江工商大学出版社 — 杭州

仿佛神仙居

图书在版编目(CIP)数据

仿佛神仙居 / 稻田读书主编 . — 杭州 : 浙江工商
大学出版社 , 2023.5
ISBN 978-7-5178-5411-1

Ⅰ . ①仿… Ⅱ . ①稻… Ⅲ . ①散文集－中国－当代
Ⅳ . ① I267

中国国家版本馆 CIP 数据核字 (2023) 第 045194 号

仿佛神仙居
FANGFU SHENXIAN JU
稻田读书 主编

出 品 人	郑英龙
策划编辑	沈　娴
责任编辑	费一琛
封面设计	观止堂_未氓
摄　　影	浙江神仙居旅游集团有限公司
责任校对	夏湘娣
责任印制	包建辉
出版发行	浙江工商大学出版社
	（杭州市教工路 198 号　邮政编码 310012）
	（E-mail：zjgsupress@163.com）
	（网址：http://www.zjgsupress.com）
	电话 0571-88904980，88831806（传真）
排　　版	杭州朝曦图文设计有限公司
印　　刷	杭州钱江彩色印务有限公司
开　　本	787mm×1092mm　1/32
印　　张	8.5
字　　数	134 千
版 印 次	2023 年 5 月第 1 版　2023 年 5 月第 1 次印刷
书　　号	ISBN 978-7-5178-5411-1
定　　价	68.00 元

序

　　南方的冬日来得猝不及防。12月的第一天，杭城迎来第一场薄雪。我却想起一座山，神仙居。不知道神仙居下雪了吗？

　　关于一座山的记忆，并不仅仅是一座山。

　　神仙居，也叫韦羌山，是由火山流纹岩构成的山。其样貌奇绝，地势嶙峋。列举一下我们在神仙居做过的事吧。有一次，我们在茫茫大雾中"摸索"神仙居的轮廓。有一次，我们在南天顶看日落，直至夜幕初垂。有一次，我们在山脚看月，在月夜摸溪鱼、追萤火虫。还有一次，我们在神仙居的一株木荷树下簪花自赏——木荷，真是十分好看的花。

　　就这样，一群爱好自然，也爱好喝酒和笑闹的作家朋友，很多次走进神仙居。这群可爱的朋友，用文字将他们在神仙居的一切记录下来。大到一场日落，小到一块石头、一只萤火虫……神仙居形成的历史，有一亿多年。和神仙居相比，人类的生命何其短暂。能在这样相对永恒的空间中盘桓畅想、饮酒高歌、举杯邀月，又何其有幸。这是神仙居的某个瞬间教给我们的事，要用有限的时间，去尽情追寻无限美好的生命体验。

关于神仙居，我们还有许多话要说。关于山，我们自然也有说不尽的话。古人说了几千年也未说尽，画了几千年也未画尽。我们不断走入山中，回到城市，又走回山中。说什么好呢。不如引用一句前人的话吧——

我见青山多妩媚，料青山见我应如是。

一座山，将带给我们更多出乎意料的事。我们期待更多人循着这些文字、这些足迹，再一次走进这座叫作神仙居的山中。

编　者

目　录

多谢溪烟知我意 —

周华诚

　　想当年雪崖禅师隐居于此，在一座小小的寺庙里修行，领受天地和内心的启发，当有许多的收获。这片地方，晨昏之间风云流转，日出月落各有不同，即便是一天之内，也是变幻莫测。而四时天气，雨有雨的神奇，晴有晴的明朗，雾有雾的迷离，雪有雪的隽永，日头在山间移动，溪流在巨石间潺湲，云烟在丛林中生成，缓缓凝聚，又缓缓飘散，来无影，去无踪。

多谢溪烟

神仙居里有一座西罨寺——罨字难写，也难读。"罨"读作"烟"。最初听说这个名字，我误以为"溪烟寺"。一溪烟云，乃是山水好处。九溪烟树，更是层层叠叠。北宋有个诗人写过一首诗，其中有句"多谢溪烟知我意，预先替作碧纱笼"，让人印象深刻。有一段时间，我常于手边闲翻一册宋诗，只因喜欢宋诗里的乡村日常生活状态。从前的人——且笼统地称作"古人"吧，信帖是手写的，风是扇子摇来的，出行方式是步行或骑驴，去见个朋友则要十天半个月。没有工业化的时代，一切都很低碳、低效，因此是不是也可以说，效率，是对生活本身的损耗——不过，当然大家都不会同意这种说法。

陆游也有一首诗，于嘉定元年（1208）六月写在行旅途中乡野小店的墙壁上。其中有这么几句：

裹茶来就店家煎，手解驴鞍古柳边。
寺阁重重出山崦，渔舟两两破溪烟。

诗意如画，后两句取典用作"溪烟寺"，岂非大好？

西罨寺现在没有了，只留下一处遗迹。神仙居在未整体开发之前，也叫"西罨寺景区"。《康熙仙居县志》记载，西罨寺就在十七都境内，由北宋的雪崖禅师创建。明代，左都御史吴时来少年时曾在寺内读书，直至清代，寺内还藏有吴时来的像。

这座西罨寺数度圮毁，清代有僧人重修，后又毁，在20世纪景区开发前，寺庙早已芜没，只留下一个地名。也有文人留心去查这座寺庙的历史，发现资料极少。这座寺庙乃是一座名不见经传的小寺，创寺的雪崖禅师对该寺也没有太多的记录。

夏日，我与顾一生前往神仙居拜访攀岩高手"33流

多谢溪烟知我意

云"，这是一位"户外大侠"，经年累月在岩壁悬崖之上攀缘，也玩瀑布速降，丛林穿越，穿越人生中的恐怖地带。

从悬崖下返回，路过西罨寺遗迹，我驻足好一会儿。神仙居这个地方，巨峰耸立，壁立千仞，天地力量呈现出令人惊叹的造物神奇。想当年雪崖禅师隐居于此，在一座小小的寺庙里修行，领受天地和内心的启发，当有许多的收获。这片地方，晨昏之间风云流转，日出月落各有不同，即便是一天之内，也是变幻莫测。而四时天气，雨有雨的神奇，晴有晴的明朗，雾有雾的迷离，雪有雪的隽永，日头在山间移动，溪流在巨石间潺湲，云烟在丛林中生成，缓缓凝聚，又缓缓飘散，来无影，去无踪。

从西罨寺出来，我见崖下山坡遍地盛开着一种粉红色花朵。这花朵我熟悉，小时在山林中常见，我们唤之"野苹果"，学名叫"地菍"，是桃金娘目野牡丹科植物。到了秋天，地菍结出一地紫色的小果实，酸酸甜甜，滋味甚佳。许多年没有吃过了。我拍了好些照片，与顾一生相约待到果实成熟，一定来吃。

"多谢溪烟知我意"，写这句诗的北宋诗人叫魏野。一千多年前的夏天，没有电扇，没有空调，人们自有一些消暑的办法。魏野还有一首诗：

> 寻常苦出门，况复在炎蒸。
>
> 短褐披犹懒，长裾曳岂能。
>
> 松风轻赐扇，石井胜颁冰。
>
> 只此贫无事，常愁不易胜。

　　我在寻访西罨寺的时候，也正是暑热之时，想象一个赤膊袒腹的宋人，坐在松林下、石井边，悠然自得的样子，不觉也有一阵凉意沁人。

草堂指南

　　多谢西罨知我意。现在很多人到神仙居去，不曾在西罨寺前驻足，自然也就不知道西罨的来历了。从西罨寺再往山上走，从攀岩处的山脚再向上爬约二十分钟直到半山腰，有一处别致的居所，叫作"韦羌草堂"。韦羌草堂旁有一面湖水，难以想象在这样的山腰上，居然还有这样灵动的水，水中倒映着青山与草木，山风拂来，山影居然也开始摇动。黑瓦白墙的建筑，悄然隐于山间，一切都是静静的，仿佛在无声注解一首小令：

山中何事？松花酿酒，春水煎茶。

在盛夏酷暑之时，躲进韦羌草堂，真是太幸福不过了。翻开明代高濂的《四时幽赏录》，可以知道那时文人是如何消暑的——我套用一下，这座大山就是一处消暑胜地：

草堂谈月；松风煎茶；草堂夜宿；飞天瀑观流
虹；山晚听轻雷断雨；林间听蛤蟆夜莺；观山中风
雨欲来；鸡冠岩下坐月鸣琴；步山径野花幽鸟；南
天顶晚霞流云；西崦幽谷攀岩发汗自然凉……

总之，这也都是一些低碳的自然主义的生活美学。今人非不知，乃不能也。

这韦羌草堂，名字来源于元末明初倪瓒的一首题画诗。仙居柯九思作《韦羌草堂图》，倪瓒称赞道：

> 韦羌山中草堂静，白日读书还打眠。
>
> 买船欲归不可去，飞鸿渺渺碧云边。

韦羌是一座山，但也有说是一个人。南宋陈耆卿《嘉定赤城志》记载，仙居县西四十里有韦羌庙，祀韦羌山神。传说中，五代时有韦三郎者，把自己家的房子拿出来做了寺庙，后人奉他为韦羌山神以纪念他。又有一说，县东三里有韦大将军庙，其中供奉的俗传为韦三郎之兄。

说法众多，听了不久也就忘了。但这山的神秘，亦在于这山的幽深。大凡深山，总有许多神秘的地方。山是隐藏诸多秘密的地方，山沉默不语，而秘密尤为亘古。这样的深山之中，幽人也是很多的。幽人对酒时，苔上闲花落。在这样的山里饮酒，两人自然是最好的。若是一个人，不免枯寂了一些，只能学一学李白的高阶玩法，待得月亮出来，邀月对影成三人。

不用电的生活，还是遥远了。记得有一回，我与数位友人夜宿海岛，听海涛阵阵，本来也是一个美好的夜晚。细听，海涛极有规律，却原来，那是空调的声音。窗门紧闭，哪里听得到什么海涛。正在饮酒之时，突然"啪"一声，整间民宿都停电了。我们一愣，在三五分钟戏谑玩笑之后陷入隐隐的不安——太热了！打开门窗，海涛声的确是阵阵传来，但海风极为潮热，吹得人坐立不安。我又"刷"了一会儿手机，发现整座小岛都停电了，这电一时半会儿没有要来的意思，慌乱的情绪便开始无法阻挡地蔓延——

怎么办？怎么办？

当下人已无法接受毫无预兆的停电了。蜡烛只能提供微小的光亮，却无法解决没有网络的问题。海涛松风只能营造片刻浪漫，却无法安抚一颗需要"充电"的心灵。那个海岛之夜的后半截故事是，一群人，兵荒马乱似的收拾行李，摸黑逃离了海岛。众人花了好几个小时，奔向霓虹灯闪烁的地方——当城市终于出现，璀璨的灯光扑入眼帘的一刻，一车人发出了恣意的纵声大笑。

所以，到山中来吧。走访韦羌草堂是一次实验，也是一则生活指南。松花酿酒，春水煎茶。当灯光尽数熄灭，头顶的星星一颗一颗地闪烁，银河无比清晰地悬在头顶，那一刻，我们将得到什么样的启示？

晚霞拥有者

地苈在专心致志地开它的花。革质的藤叶上，折射着夕阳的温暖色调。众人坐在神仙居的南天顶，目睹了一片绚丽至极的晚霞。

对于美好，语言有时无法尽述，相机镜头也无法捕捉和重现，唯有用心灵去点滴感受。

在美的事物面前，科技经常是无能为力的。

我折了一枝木荷，将花朵别在包上，这一路我是带着花的人。深山日暮，我们坐在南天顶流连忘返，直到太阳躲进最后的云彩之后，此时归去，这一路我们都是拥有晚霞的人。

拥有晚霞，比拥有一百枚金币更值得自豪。拥有一整片晚霞的人，晚霞会在身体里发光，类似于小小的萤火虫，我吟唱一首有节律而没有声音的歌——有的时候，歌声不必让别人听到。

我想起陆游，那个八百多年前写下"裹茶来就店家煎，手解驴鞍古柳边。寺阁重重出山崦，渔舟两两破溪烟"的诗人，他不曾坐过飞机、高铁，不曾享受过空调、地暖，没有

电脑和打印机，只能手写诗书，却拥有那么多令人羡慕的好东西——风雪，渔舟；翳翳桑麻巷，幽幽水竹居；清溪，野寺；宿鸟惊还定，飞萤阖复开；橘包霜后美，豆荚雨中肥；出裹一箪饭，归收百把禾。他有一片田，一条溪，也有一座村庄，无数条泥泞小路，有书有剑，有驿外断桥边的梅花。

陆游一定也是晚霞拥有者，所以他可以安静地在书房里坐下来，矮纸斜行闲作草，晴窗细乳戏分茶。他又说到茶了。他上次说，裹茶来就店家煎。这是一个走到哪里都自带好茶的诗人。他拥有一些只有极少数人才能拥有的好茶。这茶也许来自闽北，也许是士大夫互相馈赠的佳物。他在晴窗前坐下来，慢慢地点茶。陆游一生痴茶爱茶，他的点茶技艺也十分精湛，茶筅在建盏中不断回环击拂，汤面泛出细腻的乳白色汤花，建盏的黑釉与茶汤的白色相互映衬，汤花久久不散。

我们在神仙居暂坐，在山下借居，看见这山的晨昏，流连这山中的云霞溪烟。这是山中之美。我们在这山里看见攀岩的"大侠"，将人生的日常交付于沉默的悬崖绝壁；看见远去的僧人，把一生托付给建了又毁、毁了又建的小寺。我在这神仙居的林间小径，看见地苍的花朵在悄然开放，听见石蛙在深夜的星空下鸣叫……这都是，山中之美呀。

所以，神仙居不是一座简单的山。它内涵的丰富远在我们的想象之外。除了那些显而易见的部分，你需要更广泛地打开心灵感受器才可以捕捉到。而另外还有一部分，则需要你我侧身而入，深入到山的里头，才能微妙地感受。有月有酒，还要有对影才行；有松风，可煎茶，还须一起竖起耳朵，听一听远处的轻雷，听一听微小的雨滴，打在松针之上；当露珠在蓝色的翠云草上凝结，你我需要俯下身来，才能看见露珠里映照的幽蓝，在一点一点地生长、变大。

顾一生是个姑娘，常在山里行走，她是拥有一部分大山的人。攀岩高手"33流云"说，当你攀在那片悬崖上，感觉整个世界只有你一个人的时候，不只那片悬崖是你的，那座山也是你的，整片天空的晚霞，都是你的。

而那一刻，我则坐在消失的西罨寺外，喝茶。

日落之后

一 魏丽敏

　　纪伯伦说:"我哭,山河却在欢乐;我掉落下来,花草却昂起了头,挺起了腰,绽开了笑脸。"山川草木需要雨水的滋润,但此刻的我却真心祈愿洒落在玻璃栈道上的雨水可以少些,让那两位年轻人少一些劳作,多一点余暇去眺望四周的美景。

窗外，一个白点快速飘过，我的视线不由得被吸引住了。细看竟是一只塑料袋，极薄，也许就在一会儿前它还与散发着诱人气息的美食相依，完成使命之后被遗弃在某个垃圾桶的附近。它厌恶饱受烈日青睐的令人作呕的气息，伸手拦住风的去路，乞求带离。

　　烈日散发的热浪袭击着城市的每一个角落，我躲在室内聆听知了没完没了的喧叫。再过不久，下班打卡的闹钟会准时响起，余生中最年轻的一日又将过去。塑料袋与我隔着厚厚的玻璃对望着，在蓝天下起起落落，变幻着各种造型，好不自在。我想，它会与我一样羡慕那些云朵吗？它会随着风去向更远处吗？它会和那些彩云一起追逐落日的脚步吧！如果可以，我想逃离空调营造下的春天，去往心之向往处，再来一场酣畅淋漓的攀爬。它走远了，透明的身体与天融为一体，我再也看不到它的身影。我的视线回到电脑屏幕上，可心却已随之去向那三百千米之外，一个名为神仙居的地方。等我踏出这座钢筋水泥的建筑后，头顶会出现跟那里一样的一片蓝天吗？

　　一周前，我拿着领导批完的年休假条，正计划着如何度过年假，一条来自朋友的出游邀请随之来到，我欣然答应。虽然已去过两次仙居，我却依旧时常想念，想念它的美景，自然也想念它的美食。初去神仙居，是五六年前的事了，也是这样的一个夏日，我坐着大巴一路奔赴这个被清朝乾隆年间的县令何树萼题为"烟霞第一城"的地方，看看是否如他所说的"云蒸霞蔚之仙居，景色秀美，天下第一"。在午后的艳阳变为夕阳时，我终于踏入了它的地界，车门打开的瞬间即迎接负氧离子的浸润。如今再次在一个酷暑踏足这片神奇的土地，我的认知中总有些恍惚。

　　我努力寻找过去的记忆，又对眼前新的变化欣喜不已——上一次迎着日出攀爬石阶，这一次迎着日落坐上缆车，终于不用再过度劳烦这越来越懒惰的双腿了。爬上短短几级台阶，我的汗水已如奔腾的瀑布流淌，哪怕烈日已变得温和。我拾级而上，与陆续下山的游客们匆匆交错，他们频频回头，目光依旧不舍这片风光，愿它在眼底多停留一会儿。我终于来到一处平坦处，回望身后的峰与谷，神仙居的风貌再度展现在眼前，来自山涧的一缕清风，带着丝丝凉意前来抚慰，这是来自大自然的欢迎词。

不远处的那个玻璃钢架建筑体便是我们此行的目的地——南天顶玻璃观景台。资料告诉我，它位于风景区海拔八百六十九米的悬崖峭壁之上，是单塔斜拉悬挑双层钢结构玻璃观景台，塔身高达三十米，悬挑四十五米，悬空四百米，悬挑面积一千余平方米。从下往上看，可以清晰地看到玻璃平台分为游览观光层和运动体验层，形如太空飞船或远洋游轮，寓有扬帆远航和一帆风顺之意。它对我而言是新鲜的存在。它于2021年，也就是前年10月1日开始试运营，而在试运营之前，由整个景区工作人员为主组成的八百余人体验团队已经共同登上此处，做过安全测试。沐浴在霞光之中的整个观景台泛起斑驳耀眼的光芒，屹立在巍峨的山峰之巅。

终于来到南天顶玻璃观景台，一个于我而言全新的所在与挑战。这些年，我也走过很多玻璃栈道，自以为这是一次毫无困难的旅程。换上鞋套，几乎是踩上玻璃的瞬间，我的恐高情绪就开始不可抑制地袭来。这干净而宽阔的玻璃让脚下的景色一览无遗，也让它的高度变得瘆人。我的小腿开始有了异样的感觉，宽阔的裤腿尽力为之掩藏。同行的朋友们大多大胆，尽情享受着这份刺激，一往无前地走着，他们为前方的风景发出惊呼。返回还是前行成了一个艰难的抉择，原本的退缩念头开始动摇，只为那一眼的贪婪。抬头望天，脚步随之往前轻挪，而后大步迈进，原来脚下的路需要昂首走过，美的帷幕终会徐徐拉开。不敢俯视的我错过了峰谷的景色，却将前方的风光一览无遗。

　　之前所见的玻璃观景台大多为单层，而这里是少见的双层。更为特别的是，其中一层增加了没有护栏的凌空栈道，由几块间隔六七十厘米的木板组成。这里有长二十米左右的"步步惊心"和我连望一眼都腿软的"平步青云"两个体验项目，让人直呼刺激，而且将来说不定还会有蹦极项目。在这里，玩的就是心跳。我压制住想要出逃的心，扶着栏杆走完第一层，又继续来到位于第二层的观景层。战胜恐惧的美大约会显得更加亮丽吧。我凭栏远眺，不远处，作为神仙居景区标志的观音峰便毫无遮挡地展现在眼前，我与之遥遥相望，清风袭来，燥热的心变得宁静。

晚风轻拂，游客散去的景区只剩下大自然的声音，被曝晒了一日的叶片们轻松地呼吸着，石板们伸着懒腰舒展工作一日的身躯，各种动物的叫声在林间回旋。

今生居然是第一次如此从容地坐在石凳上等待落日的光临，好像已过了很久，也好像不过瞬间，突然不知道谁喊了一句："快看，彩虹！"果然，遥远的天边有一抹淡得需要指引才能看清的彩虹，让人感叹自然界的神奇，以及自己的幸运。我久久凝视，不舍离去。

太阳又往西走了一些，终究是要告别一日的工作，渐渐躲进云霞之中，我们一行人静静地站立着，感觉坐着都是对它的亵渎。观众就位，夕阳在舞台的中央开始它的表演。这些年，不知为何，我总不愿意错过天空的美，年少时觉得稀松平常的落日与星空，如今却时常忍不住站立注目，大概是像素再高的相机都不可能替代肉眼与它们直接接触的那份温度吧！只是我依然不能免俗地掏出手机，咔嚓声响起，友人们开始收到美的分享，赞叹自然界的鬼斧神工。

视线中的太阳没有原本的形状，它披上了金黄色的外衣，散发出无数的光束，一点点下沉，随着时间的一点点推移，颜色不断加深。云层追逐着它的步伐，沾染太阳的色彩，变幻着各种各样的造型，上演着一场场舞台剧，我们连眨眼都变得不舍。我们不由自主地惊呼，久久不歇，感叹自然的神奇，再美的文字大约都写不出它的万分之一。赶了几个小时的路，只为一场日落，在这个忙碌而炎热的7月是如此奢侈。而我们在看到日落的那一刻，知道哪怕更久也是值得的，这是一场多么幸运的相遇。

落日的余晖慢慢被月色掩盖，我高抬视线，才发觉月亮不知何时已悬挂在头顶，我的贪欲再度迸发——再看一次星空。我羡慕地对南天顶玻璃观景台的那位值班工作人员表达我的愿望，因为他今晚要在此过夜。我完全不关心他们的住宿条件，以及守在这里的工作内容。在那一刻，我的心中唯有对他可以长久留在美景中的嫉妒。直到第二天因为采访需要，见到南天顶玻璃观景台两位年轻的工作人员朱晓峰和泮威涛，特别是那有着黝黑脸庞的泮威涛，我才想起在接近四十摄氏度高温的天气里，他们需要守在没有遮挡的玻璃栈道上，忍受阳光的照射，任汗水一点点湿透衣衫，却不能让一滴汗水遗落在玻璃栈道上。

建筑材料的反光特性，让观景台的玻璃表面温度很高，所以哪怕日落时分，工作人员也要求我们穿上鞋套，除了防止玻璃被划影响游客安全之外，更是防止游客因滑倒而被烫伤。可想而知，烈日当空时在此当值的他们是怎样的一种感受。然而，在交谈中他们并未觉得这是一份辛苦的工作，这个基本以"90后"为主，大量"00后"加入的南天顶团队表现出了极大的乐观，他们在工作中发现美。他们与我分享着冬日里那只误入此处，因受冷无法起飞的鸬鹚的照片，谈论着他们看过的日出与日落，脸上洋溢着青春，眼神里散发着自信。作为游客，我们关注着眼前的美，却忘了美背后的付出。这些年，走过很多的景区且不善爬山的我，总是习惯性地坐在某处静静地欣赏风景，时常会遇到大冬天还能干的大汗淋漓的清洁人员，偶尔和他们攀谈，他们的手却从未停止工作，他们的足迹遍布景区各处，却从未真正地抬头静静地欣赏一会儿他们辛勤维护着的景区的风景。

本以为夏天的高温是最难熬的，殊不知于他们而言冬天才是。我原本感叹自己三次登神仙居，见过秋景与夏景，最遗憾的便是未能见过冬日雪后的仙境，那种薄雪覆盖的美，想来更能为此增添一份仙气。但听完他们的话，我却希望雨雪可以少光临此处。原本海拔高处温度就会低些，冬日的观景台备受冷风的青睐，四面透风的设计让风在这里自由穿梭，特别喜爱与人亲近。他们忍受得了寒风的侵扰，却并不喜爱雨水的光顾。众所周知，沾上水的玻璃会变得异常湿滑，人若走上去便极易摔跤。如果天气寒冷，滞留的水结成了冰，那对观景台的工作人员而言，便是最大的烦恼。一年四季，景区开放的日子里，每晚留守在观景台值班的两位工作人员早上醒来的第一件事便是确认玻璃栈道的情况，如果结冰或者积雪的情况比较严重，那便需要及时通知山下的售票处观景台的开放时间需要延后或者暂停开放，以防游客等待太久或者白跑一趟。然后工作人员要及时地清理那些大自然的"馈赠"，在安全上做到不遗余力，他们自己经历过摔伤的痛苦，更不愿将这份危险留给别人。我们看景，他们守人，关注着每一位来此的游客。工作人员遇到半道不敢继续前行的游客，需要伸手扶他们回到起点处；遇到情绪激动的游客，需要及时地劝离……他们是景区不可或缺的一部分。

在我感叹烈日的持续照射是怎样的一种煎熬时，工作人员却云淡风轻地说着团队会轮班；当我叹息每日上班免不了爬山的艰辛时，他们只道是习惯，更将之戏称为锻炼身体；当我好奇他们的三餐时，他们云淡风轻地告诉我会轮流下山去取，却不提及饭菜会冷……

看完落日，我告别值班人员，山风拂面带着些许凉意，暑热已然退却。在徐徐向下的自动扶梯上回望渐行渐远的观景台，它的装饰灯已经亮起，在这片夜色中静静地等待着明日的喧闹。夜色渐浓，我在下山的缆车里看到正攀缘在柱子上对缆车进行检修的工作人员。一开始只当是赶巧碰上的偶然，事后才知道原来这是他们的日常，每个涉及游客安全的项目都是如此。在南天顶玻璃观景台，每日下班后、上班前，经过岗前培训的他们都要仔细检查每一块玻璃、每一颗螺丝。那个陪着我们观看日落的工作人员，在我们离开后，也许正在一寸一寸地擦拭着我们无意间落下的汗水，仔细地检查着连接处的每一颗螺丝钉。星星已经散落在夜幕之上，希望夜色足够美丽，陪伴着两个年轻人度过静谧孤寂的夜晚。

蜻蜓轻轻碰触着玻璃，细小的敲击声淹没在城市喧闹的声响中。它大约是来通知我，今天的落日又会由一场暴雨替代吧。闹钟终于响起，思绪从遥远处撤回，雨神用纤细的手指轻轻地敲击着窗户上的玻璃，雨水瞬间倾泻而下，高温与雨水的相遇，让远处的屋顶上升腾起一片雨雾。那只塑料袋不知是否已经逃离雨水控制的范围，在某一处迎接彩霞的光临。

我不知道此刻神仙居的山顶是否也落了雨，但却能确认此刻的神仙居依然美得惊心动魄。纪伯伦说：

> 我哭，山河却在欢乐；我掉落下来，花草却昂
> 起了头，挺起了腰，绽开了笑脸。

山川草木需要雨水的滋润，但此刻的我却真心祈愿洒落在玻璃栈道上的雨水可以少些，让那两位年轻人少一些劳作，多一点余暇去眺望四周的美景。

仙居，仙居，一个神仙居住的地方，它的美丽虽大多出自天然，但最美丽动人之处，却是常人造就，我一下顿悟了，原来神仙就在人间，就是那些普普通通的劳动者。

神仙宫

神仙居三日一

简儿

溪边的草丛里，萤火虫一闪一闪，忽隐忽现。萤火虫是掉落在草丛里的星星。这些提灯的小精灵，从溪的这边飞到那边。它们亦是指路人，指引着我们穿过人生的茫茫暗夜与迷途。

月亮从山谷里升起来，硕大而皎洁。月光照耀着群山上的树木、峡谷里的小溪、石壁上的野百合，亦照耀着苍茫浮世，每一个走夜路的人。

住在仙境里的人

出发去神仙居，我搜索入住的酒店，跳出来附近的几处景点：虎背崖、恬居院、情侣林、摩天峡谷。这些皆像是金庸武侠小说里的名字。几年前我去过一回神仙居，走马观花，具体情形已经忘记了。只记得神仙居的云，白得像草原上的羊群。

那么白的云，一生看过一次，便不会再忘记。

久居城市的人，一颗心会渐渐迟钝麻木，去看一座山，观一片云，一颗心才重新注满新鲜活力。

于一个常年待在没有山的地方的人来说，山是神秘的，美丽的。有一阵子，我十分渴望在山中有一栋小木屋，周末去度个假。甚至于有一年我去终南山访冬子的小院，差点在冬子隔壁租下一间房。虽最终还是没租下，但山居梦就此在心中扎了根。

每年夏天，我都会抽出时间去山中小住几天。

这一次受华诚之邀，去神仙居三日。

神仙居距嘉兴大约三个小时车程。驱车一个小时之后，沿途的风景开始切换，绵延的群山浮现，苍翠、墨绿，仿佛流淌的绸缎。远远望去，白云缭绕的地方有村落、小溪、寺庙。

车子驶离高速，路旁有一株大树，树底下支了一个杨梅摊儿。一个脸色黝黑的男子，热情地招呼我们歇一会儿，尝一尝仙居杨梅，不甜不要钱。

赶路赶得口干舌燥的我们，二话不说接过大哥的杨梅塞进嘴里。一股甘甜的汁液，沁人心脾。大哥递过来一张名片，告诉我们他是白塔镇人，如果想要购买杨梅，可以扫微信，由顺丰快递送到家。

大哥指着前面的一个村子说，那里有处古民居，我们可以去瞧瞧。

我们进了村，只见一幢老房子，砖木结构，门上挂着花生和柿子。廊檐底下摆着石臼、青瓷花盆。

屋子主人不在家，木门上挂着一块牌子：高迁村上屋三百田。

再往里走，我们看见一幢石头垒的房子。从雕花的窗子望进去，里面摆满了杂物：樟木箱子、五斗橱、木桌子、木凳子，皆是光阴里的旧物。

我们走过几户空房子，终于看见有一户人家木门敞开着，一位老奶奶坐在门口，手里拿着一团白棉线和一根竹签，正往竹签上一圈圈缠白棉线。

"奶奶，您用这竹签制作什么东西？"

"蜡烛芯。"

奶奶抬起头，手里的活儿并没停下来。

"一天能做多少捆？"

"五六捆吧。"

"一捆多少钱？"

"一块五。"

这么算下来，奶奶一天只赚七八块钱，但她很满足。

并不为了赚几块钱，而是为了每天手头有件事情做，好比念佛，数佛珠。人手里有事情做，每天过得才有劲儿。

奶奶邀我们进屋坐坐，屋子很古朴，木椽子，木柱子，泥墙。门是木门，有了岁月的包浆。

靠墙放着一张方桌，上面写着吴洪贵办，二〇〇九年夏。

"吴洪贵，是您丈夫吧？"

奶奶笑着说："是的哦，我家老头子。"

"奶奶您贵庚？"

"八十一。"

"奶奶您看起来真年轻，真好看。"

奶奶羞涩地笑了："哪里哦，老了哦，不好看了哦。"

八十一岁的老奶奶，在陌生人面前，神情依然羞涩，仍有一颗少女心。

奶奶十八岁嫁到这个村子里，在这老房子里住了一辈子。去过最远的地方是杭州——女儿嫁到杭州，两个外孙也在杭州念大学。

"有没有看过西湖？"

"去过哦，前几日，女儿带我去看西湖。西湖里的荷花开得真好看。"老奶奶笑着说，"女儿让我搬去杭州和她住，我不习惯，在这里住了一辈子，房子虽破旧一些，住起来却自在舒适。住了一辈子了，根扎在这里，哪里也不想去了哦。"

"斯是陋室，惟吾德馨。"这一间百年老宅，想必在老奶奶眼中，是世上最温馨美丽的居所。

它曾见证她最好的时光，她亦在此度过人间平凡幸福的岁月。

东侧有一间木屋，木门上贴着春联：福如东海千年乐，寿比南山万福春。

老奶奶指着那间木屋，告诉我们她平时在那里吃饭，屋中有一个灶头，一张桌子，两条长凳。桌子、凳子乌黑发亮，有了岁月的包浆。

一日三餐，一年四季，节衣缩食，简净生活。老奶奶其实是住在仙境里的人，可她并不知自己在仙境里呢。

山中草木、吃食和星空

山上开满木荷花。鹅黄的花朵，香气馥郁。有人折了花，簪在耳后，颇有宋朝人的风雅。

落花满地，一座山皆是香的。走在山中的人，鼻翼、衣衫也沾染了香气，脚步不由得有点摇晃，好似饮了酒。

　　山上除了木荷花，还有松树。山顶上的松树，悬崖上的松树，石缝里的松树，造型皆美。为什么长在山顶上的松树比长在平地上的松树更好看？因了冬天的一场雪呀。雪覆松枝，压断了顶端的枝条，于是枝条只好横着向两旁生长，这松树的风姿便愈发秀美、洒脱。我在别处看到的松树都不及神仙居的松树。长在山顶上的树真不容易啊，一场风可能把它刮折了，一场雪可能把它压断了，一道闪电可能把它劈裂了。一株树得以长成参天大树，真是非常了不起。

　　石壁上有野百合。花朵已经萎谢，但似乎仍闻得到淡淡的香气。

　　路旁有蕨类。油绿色羽毛状的叶子，长得到处都是。古老的蕨类，亿万年前就生长在这里，亿万年后，依旧在这里。它们是时光的见证者。

　　小果冬青、樟树、核桃树、松树……到处都是松树，松是苍松、孤松、老松，与蓝天、白云、远山、淡影，勾勒出一幅水墨画。

　　我暗暗想着：如果去寻访一座山，认识山中草木，把它们一帧帧绘下来，并且写下它们的名字、习性、花朵、果实，编成一本书，那一定是一本很有意思的书。

　　山上多竹子。笋也多，毛笋、雷笋、鞭笋、苦笋。苦笋孔细，肉厚。将其剥壳，在水里浸泡，把苦汁去掉，清炒，好吃极了。

　　山上的青草可以做成青草糊。采了青草，榨汁，等汁液凝结了，便像果冻一样。夏天，吃一碗青草糊，可以去热解暑，并且还有美容的功效呢。

　　西瓜皮切成条，用豆瓣酱炒一炒，是当地人的配粥小菜。

　　山野吃食还有观音豆腐。采豆腐柴的叶，揉出绿汁，加草木灰，即可做成豆腐。观音豆腐碧绿如玉，鲜嫩可口，食之有草木的清气。

　　奇怪哉，山野吃食，皆有一股子草木的清气。教人吃了念念不忘，欲罢不能。

　　我们晚上在一家名字叫"小山村"的饭馆吃饭，一桌子山野土菜：番薯藤、黄花菜、小土豆、酱爆螺蛳、油炸小溪鱼……每一道菜端上桌，顷刻间便被一抢而光。众人一边吃一边感叹："天哪，天底下怎么会有这么好吃的菜，厨师大哥的手艺未免也太好了吧！"就是为了这一桌子的菜，来这一趟也是值得的呀。

　　吃罢饭，一拨人从小饭馆出来，沿着山路走回去。山村之夜，漆黑不见五指。抬头，冷不防看见漫天繁星，犹如夜空中缀满了无数的宝石。这是童年的星空，浩瀚而璀璨，我已经很多年没见过这样的星空了。同行的小伙伴，和我齐刷刷地抬头，张大嘴巴，惊讶赞叹。这一刻，我们仿佛重返童年，变作了一个天真无邪的孩子。

"瞧，那是北斗七星。弯弯的勺子，长长的柄。"这是小时候祖母教我认的星星。祖母告诉我，迷途之际，只要抬头看见北斗七星，就能找到回家的路。当我长大以后，抬头仰望城市的夜空，却从未看见过它的踪影。于是，走了很多的弯路和岔道。今夜在这小山村，我又看见北斗七星，是否预示着：从今往后，再也不会走弯路和岔道，人生从此尽是坦途？

溪边的草丛里，萤火虫一闪一闪，忽隐忽现。萤火虫是掉落在草丛里的星星。这些提灯的小精灵，从溪的这边飞到那边。它们亦是指路人，指引着我们穿过人生的茫茫暗夜与迷途。

月亮从山谷里升起来，硕大而皎洁。月光照耀着群山上的树木、峡谷里的小溪、石壁上的野百合，亦照耀着苍茫浮世，每一个走夜路的人。

山河故人喜相逢

葱花姐姐偷偷地塞给我两个杯垫："简，送给你哦。这次出门匆匆随手带了两个，下次再专门给你做几个哈。"葱花姐姐擅长手作，零碎棉布、花布，在她手里变作杯垫、书衣，她简直会变魔法。我拿着杯垫爱不释手：这般精美、雅致，况且还闻得到淡淡的香味。

我问葱花姐姐："是不是洒了香水？"葱花姐姐冲我笑："没有啊，就是棉布的香气呀。"葱花姐姐亦是我的山河故人。我俩虽才见两次面，却好似已经相识很多年。

人与人冥冥中有着神奇的缘分。这一次，我还见到了水欣，一个活泼、爽朗的女子。在神仙居的山道上，我有点恐高，她一直走在我身边，和大部队落下好长一段距离。我催她往前走，跟上大部队。她笑着摇头："最好的风景，要慢慢走才能欣赏啊。"后来，大部队上了玻璃平台，我这个胆小鬼，才走两三步就撤了回来。水欣也撤下来陪我，玻璃平台上的人群中不时传来欢声笑语，水欣大声唱歌，向他们示威。她悄悄地附在我耳边说："不要告诉他们哦，我们这里的风景比他们看到的美多啦。"我叫葱花姐姐为姐姐，叫水欣则直呼名字。因她瞅着像个二八少女，对着她实在叫不出姐姐俩字。

水欣拉着我的手："简，来南京找我玩，我带你去逛秦淮河。"她戴着我送她的一顶布帽子，大摇大摆地走在马路上，像个侠客。出门太匆忙，她忘记戴帽子，我包里恰好有一顶，就顺手送给她。她对这顶布帽子珍爱极了，夸这布帽子好看，每天戴着。她不知其实是她人长得好看呀。她身上有一股子英气，衬得她又美又飒。

"目光澄澈的人，在那稻田相见。"我想起华诚招募稻友的那句诗。目光澄澈的人，身上也有一股子仙气。我们一拨人自诩仙人，今日在神仙居相见。虽是初相见，犹如故人归。我和水欣，亦是久别重逢的故人。

这一次，我还遇见了周老师。我和周老师互加微信好友两三年，一直没见过面。周老师在山上有个老房子，改建成一家民宿，泥墙，青砖，蓝印花布帘子。门前有一条小溪，溪水潺潺。还有一口水井。夏天，西瓜放在篮子里，用一根绳子吊到井底。井水冰镇的西瓜，吃起来又脆又甜，有小时候的味道。

周老师说，他黄昏经常去溪边，拿一罐冰啤酒，扔进小

溪，下到小溪里游泳、摸鱼。等游好泳，摸好鱼，坐在溪边
的岩石上一边吹山野清风，一边喝啤酒，真是惬意极了，简
直比神仙还快活。这神仙的日子，真叫人向往啊。

周老师邀我有空去山中小住，当一回仙人。我一口答应
下来。这神仙居，大抵住着很多散仙。周老师亦是其中一位
散仙，一会儿和我们爬山，一会儿和我们饮酒，一会儿和我
们看星星。

白天上班的时候，他在琢磨晚上饮酒的事。他藏了一坛
杨梅酒，足足有四五十斤，抬到了酒楼。他还特地准备了一
套青瓷酒杯，一人一个。一大盆杨梅，摆在桌子中央。吃一
口杨梅，饮一口杨梅酒，谓之杨梅宴。

华诚说，杨梅有好多种吃法，可以蘸酱油吃，蘸白糖
吃，蘸芥末吃。他拿起一颗杨梅，蘸了酱油和芥末，一边吃
一边赞叹，哇，味道好极了。众人纷纷仿效之。我也蘸了一
颗，结果，我吃到的不是杨梅，是黑暗料理。

一拨人，饮酒，猜拳，吃杨梅，快活似神仙。这杨梅
酒甘甜、绵柔，大家饮了一杯又一杯，一个个化作酒仙，千
杯不醉。喝罢酒，我把瓷杯偷偷地拢在袖子里。周老师笑着
说："一人一个都带回去，留个纪念。下一次来仙居，带上

酒杯就行，桃花酒、青梅酒、桂花酒、杨梅酒，我且都给包了。"哈哈，酒仙们听了，个个心花怒放。

从酒楼出来，一拨人走在马路上，看见路旁支了个摊儿，挂了块小黑板，上面写着：夏日饮品，请君品尝——青草糊、柠檬茶、荔枝茶、冰粉……两个女孩子，一边制作饮品，一边吆喝："好喝的柠檬茶、荔枝茶、冰粉，走过路过不要错过！"和她们搭讪，得知两个女孩子是闺密，一个叫柠柠，一个叫檬檬，她们白天开蛋糕店，晚上摆摊。一辆小推车，一块小黑板，还有一串小星星灯，就是一个文艺的小摊儿。两个美丽的女孩子，就是街头一道亮丽的风景线。

山城之夜，风吹拂在脸上，温柔而沁凉。也许是因了今夜饮了酒，又或许是因了邂逅那两个美丽的女孩子，我的脚步不由得变得轻快起来，身子也轻盈起来，有点飘飘然，醺醺然。在神仙居，一个凡人，亦有一个凡人的快乐；一位小仙，亦有一位小仙的快乐。深夜，一群不知是凡人还是仙人的人，拍着手，哼着歌，快乐地走在大街上。

最美的落日 — 简儿

　　这一刻，我与你心意相通，惺惺相惜。我看见的正是你所看见的，你看见的也是我所看见的。我们一起聆听风的声音，感受群山的寂静，一起深陷在一场日落的华美与壮丽里。

　　人在巨大的美面前，会失语，这一刻，我们一句话也说不出，只是静静地眺望远方。以一座山峰，去抵达另一座山峰；以一条河流，去抵达另一条河流；以一颗心，去抵达另一颗心。

黄昏，我们乘坐缆车，登上南天顶，来到了"天空之城"。这里真的离天空很近，仿佛伸出手就能摘到星星。

　　顶上有个朝拜台。可拜观音，可听风声，可摘星辰。

　　真是风景绝好处。

　　南天顶的工作人员小包在值班。

　　小包值班的任务，就是等待最后一拨游客离开南天顶，然后在山顶的小屋宿一晚。

　　四下空旷无人，唯天上星辰与他相伴，真是羡杀人也。

　　"天空之城"统共有两层。一层铺着人造草坪，摆放着白色鹅卵石打造的凳子、沙发，特别富有现代气息。二层是一个玻璃平台。

　　众仙人云游至此，一个个去挑战玻璃平台。作为一个恐高症患者，我才走了一小步，心里就已经很骄傲：嘿嘿，瞧我，已经迈出"人类登上月球"的第一步。以前的我，走玻璃栈道可是一步都不敢踏出去的，今天的表现已经非常了不起了。一个人，敢于挑战自己的极限就是好样的。我的极限就是这一小步。那么，就到这里止步吧。

人生需要孤勇，也需要止步。有时候止步与止语，一样重要。

我吹着平台上的风，衣袂飘飘，感觉自己像个仙人。

我们等待南天顶的落日。

远处，暮色中的观音山，雄伟、美丽极了。沐浴在霞光里的"观音"愈发显得柔和、仁慈。我们深情地凝望着她，她以博大仁慈的胸怀容纳天下苍生。万物皆沐浴在圣洁的光辉下。

这一刻，我的心是柔和的、平静的、安宁的、喜悦的。

长日将尽，一场华美的日落即将到来。

此刻的我们，多么有福，多么奢侈（缆车下午五点关闭，为了看落日，工作人员特地为我们延长了两个小时）。

更奢侈的是，我们没有使用相机、手机等现代化的设备，只是以一双眼睛去观看。因为眼睛才是最佳观测器。一切美景，经过了相机的滤镜，变得模糊而不真切了，只有人类的双眼，才能捕捉到微妙细小的变化。目不转睛，这四个字多么生动形象。没错，就是眼睛一眨不眨地盯着太阳，唯恐错过任何一个美的瞬间。

太阳一点一点从观音山那边落下去了。霞光给云彩镶上了一道金边。太阳像一个顽皮的小女孩，躲在云彩后面，然后被妈妈牵着小手往山那边去了。哎呀，她的一小半身影已经从山那边落下去了。

山顶平台上有人在喊："太阳妹妹，回来，你快回来。"

这一刻，群山寂静，只有风声和平台上人的呼喊声。

——太阳妹妹，你不要去山的那一边嘛，这边的风景更美。

——太阳妹妹，人间多么繁华，灯火多么璀璨，快跟着我们去仙居城里吃香的喝辣的。

太阳妹妹毫不理会，兀自往山那边落下去。我们静静地观看、感受这一刻，一颗心受到了深深的震撼。

这是一场旷世的日落，这也是一场心灵的洗礼。纵使光芒万丈的太阳，每天也会落下，时辰一到，她挥一挥衣袖，不带走一片云彩。那么作为凡人的你，还有什么放不下的呢？再恢宏盛大的人生，终将会有谢幕的一天。

与君相遇，终须一别。与其苦苦地留恋、纠结，还不如洒脱一点，来一场美好的告别，以一个洒脱的背影离开。

有时候，离开是为了更好的重逢，告别是为了更好的重启。

这一刻，我与你心意相通，惺惺相惜。我看见的正是你所看见的，你看见的也是我所看见的。我们一起聆听风的声音，感受群山的寂静，一起深陷在一场日落的华美与壮丽里。

人在巨大的美面前，会失语，这一刻，我们一句话也说不出，只是静静地眺望远方。以一座山峰，去抵达另一座山峰；以一条河流，去抵达另一条河流；以一颗心，去抵达另一颗心。

日落是一场馈赠。

日落也是你送给我最浪漫的礼物。

我能想到的最浪漫的事，就是和你一起来南天顶看一场日落。

人生还有什么比看一场日落更浪漫、更美好的呢？

太阳在即将落山的最后一刻，忽而幻化成大江大河、城池宫殿、草木鸟兽等人世间诸形诸相。这边刚浮现出一头象，那边又跑出来一匹马，这边刚冒出一座城池，那边又有一座大楼拔地而起。我给它们取了名字：太阳城1号与2号。

太阳穿过云彩的空隙弹出了半边脸，恋恋怅怅地望着人间。彩云铺筑了她回家的路。她乘坐着华丽的车辇，回到了宫殿。

群山陷入幽蓝色的寂静里。

"落日真美，短暂到令人落泪。"细腻温柔的松三如是说。我们总是期盼美好的事物可以永恒，唯愿太阳不下山，青春不散场，人心永不变。然而一切未必如我们所愿。

人生就是一场接着一场的告别，而我们在告别中得到成长，学会珍惜和珍重。

转瞬即逝明日，明日又隔天涯。

但是一定会有什么长久地留驻在我们心中——一场旷世的日落，一座观音山，仙境里的人，山上的草木、吃食和星空，还有山河故人。可一切与昨日，终究是不一样的了。

当我正准备起身离开的时候，小包凑过来给我看他拍的大片。

"一年三百六十五天，每天的落日都不重样哦。"小包说。

"那你给这场日落评几分？"

"一百分。"小包说，"今天我们看的这一场日落，是三百六十五天中最美的一场日落。"

蓝草与萤火虫的邂逅 — 草白

漫天星辰一度让我忽略萤火虫的存在，直到一阵淙淙的溪水声将我的视线引向对岸的草丛，有移动的亮光，忽闪忽灭。哦，是萤火虫回来了。

这只萤火虫和繁星闪烁的夜晚，不像是真的。这个山谷也不像是真的。没有行人、汽车，没有任何来自物质世界的喧嚣之声。它从天而降，宛如飞地。但我知道它有自己的坐标和方位：北纬28.71°，东经121.03°。它在大地之上，又常常闹失踪，或行穿越之术，将自己折叠进过往幽谷之中。

一

　　在神仙居，我遇上了猝不及防的植物课，一连三天，授课者神龙见首不见尾。桃花云、溪涧流水、云上彩虹、夜间山风与白日谷风——都可能是我的老师，师者也有可能另有其人，比如晚霞、蜻蜓、豹猫，以及那只飞过山谷上空、长有蜡黄色小嘴的角鸮鸟。在神仙居，类似的师尊还能列出一大堆。

　　偌大的山上，它们不求名利，恪尽职守，只为了将植物的身世和盘托出。因了它们，一路上，大大小小的草木花卉被召唤而来，宛如天上列队而行的云。

　　先是在去往南天顶的山路上，我闻到一阵天然异香，以为是泥土、草叶、树皮散发出的清香。可都不是。那香啊，让人想起栀子花、姜花，但它不是栀子花，也不是姜花。于我而言，世上最美的花都是开白色花瓣的，比如栀子花、姜花，以及眼前的木荷花。木荷花的气味，丝丝缕缕，无定形，不可具状，氤氲出露水味、草木味、枯叶味，以及雨后泥土的气味，就像一种名贵香水的前调、中调和后调，飘飘忽忽，不知所终。

在植物大家庭里，木荷花是山茶科木荷属。它就是一朵带天然香味的山茶花。木荷花也是美人头上的绢花，秀丽雅致，夏日别在鬓角，遂成一抹天然风姿。木荷花花瓣五片，片片洁白。花蕊金黄，似含熠熠火光。外形酷似莲花宝座，被称为长在树上的荷花。远望如繁星点点，构成神仙居夏夜九点钟以后的星空，星星一颗比一颗大，繁多欢快，闪啊闪，闪出钻石、碎银、珍珠、提灯的宫女，以及淡竹溪边摇曳的水草。

在山顶、坡地、山麓、幽谷等地，都能见到木荷花的身影。花瓣落在山野草丛里成了山林之花，落在石头上便成了石头开出的花，还有云朵落下的花，树影摇曳出的花，以及夜里山路上奔跑着的月魂与花魂，都与它有关。

木荷花还是一种可以防火的花，自带甘泉，被见多识广的蜜蜂视为佳酿。山林万物都认识它，尊敬它，唯有人后知后觉，需要"百度"才能看见，需要指点才能感知。木荷树干通直，且材质坚韧，结构细密，可做棕绷床的架子，以一己之力支起此地人们的睡梦，可谓德行深厚，福报久远。

离开南天顶下坡时，我经过一株山胡椒树身边，迎面而来一股强大而猛烈的风，就像一柄横空出世的利剑，唰唰几下，重新划分了势力范围。

风绕着山胡椒树吹拂，在其前后左右盘旋，好像那是风暴的眼睛、口袋、腹地。但我什么也看不见，山胡椒树边上站立的甜槠树也看不见——没有风，它纹丝不动。白日的风来自谷底，那里是蕨类植物的天堂，枯朽倒木上长满苔藓和膜蕨，密集的绿，小小矮矮的绿，绿成一团氤氲的云。但那阵风只吹着一棵树，别的树它不吹，别的枝头它也不去摇晃，我待在边上看了半天，看见它像被某个东西拴着，拴在一个角落里，真是奇怪。

我离开山胡椒树和不断摇晃它的风，下到一片幽深的林地里。正是黄昏暮色四合之时，林子里一片昏暗。翠云草匍匐在脚下，藏在艾草、铁线蕨及半边旗之间，藏在黑暗里，藏得很深很深。

第二天早晨上山，我才发现那片蓝光，那片翠云草发出的光，简直不敢相信——有时候它是蓝的，有时候它是绿的，特殊角度下还呈罕见的紫色调。它在低处，却与高的水杉、乌冈栎、赤楠等在一起，在那些树木的腿部发出幽幽蓝光。我惊叹于它出现的位置，让低头走路、苦苦寻觅的人都能看见，让趾高气扬、患得患失之人一无所见。那阵蓝光实在太过神奇，让我遗忘了此前一天看到的木荷树、马鞭草、彼岸花。我的脑海完完全全地被它占据了。

二

从前，通往神仙居的路上，重峦叠嶂，沿途要翻越无数丘陵与山脉。如今，隧道取代盘山公路，我们的汽车穿过山体内部，就像奔向终有希望的光明。无论山中隧道如何时断时续，每条隧道的尽头总有光等在那里。

曾经，西罨幽谷及西罨寺是整个神仙居的光与圆心，不知何时，古刹圮毁，荒草丛生，圆心隐去。所幸，植物的世

界生生不息，永不灭绝。在神仙居之前，这世上便有了西罨寺。神仙居原本就叫西罨寺。

我便是在通往西罨寺遗址的路上，遇见那丛翠云草。山顶与山麓，都没有它的踪迹。它出现的地方，附近有一条干涸的山溪，溪床上躺着大大小小的卵石。天气酷热，水迹全无。溪上有桥名问仙，溪旁还有两株桃树，若干株松树。它隐身于高大的乔木之下，仍然与艾草、铁线蕨和半边旗等相依相偎。想必它在丰水期移居于此，水枯之时，只能等待。不得不说，它很会择地而栖，比如海拔一千二百米以下的山坡林下，比如一条溪流的周边，比如山石与乔木下。当一切都准备妥当，它才落地生根，才将自己与一个个明媚动人的称呼画上等号，龙须、蓝草、蓝地柏、孔雀花、绿绒草、金鸡独立草等，天上飞的鸟，海底潜的生物，都可在它身上寻到影子。

就我视野所及，那种蓝光绝无仅有，眼睛瞟到的那一刻，瞬间被吸引住了。我蹲下身，用手拨一拨那光滑的、交互排列的叶片，将它抬高一二厘米，只见嫩叶翠绿，老叶蓝光隐隐，光照充足下又现蓝紫之色，好似虹彩闪烁。蓝绿紫等不同光泽共存于同一植株之上，又不止这三色，肯定还潜藏着更多。看得我呆住了。我一路走一路看，一簇簇蓝光就像湿润的火焰舔舐着这盛夏之景，那是属于夜晚和阴天的火光，也属于角落和低处。翠云草喜温暖、湿润，喜半阴环境，如果移作盆栽，可独立成盆，也可与兰、蕙相伴，作铺苔和贴翠用。我一想到那束蓝光将在人间的庭院或露台上闪烁，便兴奋到不行。人居住的空间里来了古老蕨类，好似从《诗经》年代吹来一阵山野之风。不知这道蓝光由荒野移至闹市会不会折损一二光芒，我跃跃欲试的同时，不免有些担忧。

翠云草属卷柏科卷柏属，另有一种叫"卷柏"的植物也是同科同属，一名万岁，一名神枝，是武侠小说中的"九死还魂草"。由大卫·爱登堡爵士解说的BBC纪录片《绿色星球》里，就有一种叫鳞叶卷柏的植物。它生活于沙漠地带，一生中的大部分时间都处于濒死状态，但它并没有真的死去，而是以"一团枯草"的状态随风而行，一旦找到水源，叶片就会慢慢张开，因重新汲取到生命能量而焕发生机。鳞叶卷柏一周可移动一千米，消除了人们对于植物静止不动的误解。

与煞费苦心、满世界寻找水源的鳞叶卷柏相比，翠云草的生活可要安逸和闲适得多，它没让自己生活在干燥之地，又有高大的乔木庇护，离水源也近，只早晚接收一些柔和温润的光线便已足够。它的叶表皮肤娇嫩细腻，在强烈光照之下，会由绿色、蓝紫色变成红褐色，如果接近红褐色还不止步，那离枯萎也就不远了。所以，对翠云草而言，避强光、近水源、于幽僻处扎根才是生存之道。

暑热蒸腾，人大概也需借鉴翠云草的生存之道来保全自己，退至一个隐蔽角落，退到幽僻之处，就那么默默地待着，不胡乱生长，不野心勃勃、开疆拓土，在每立方厘米负氧离子含量高达八点八万个的鲜美之地，兀自散发出幽幽蓝光。

这个山谷实在太好了，从绚丽的舞台下来，便可来此偏安一隅，只需要一点点阳光和水，一点点庇护和运气，便能自足。还可发出那种幽寂蓝光，是鸟羽上闪烁的光芒，也是孔雀开屏时的光华。

蓝色，是我在一株蕨类身上所能发现的最为奇妙之色，不像是真的，好似有天外来光追打在它身上，通体透亮，那么好看，戏剧里的演员几乎可以拿它直接贴在额上、鬓角，再缓缓地甩出一对绝美大水袖，唱一句"物有无穷好，蓝青又出青"，再默然欢喜退下。

三

　　萤火虫出现之前，不得不提一笔那漫天星辰。我已经很多年未曾见过那么多星星了。这些年，我对天上的世界实在失望透了，常常抬头，常常气馁，以为再也看不见什么了。

　　那天夜里，我们从小山村农家乐出来，根本没有意识到星星的存在。灯光太亮，星太小，光微弱，什么也看不见。待灯光暗下去，完全熄灭后，星星才出现，就像浮游在海面上的生物，一闪一闪，全游出来了。月亮也来了，只有半边脸，却比高楼之上的整张脸还要明亮、透彻。月亮不像月亮，像一盏明丽的小灯，由空中移至山前，忽然将某处照亮。这就是我小时候的月亮啊，锋利的边缘是要割掉人的耳朵的。不多时，星星越聚越多，繁密、明亮，眨啊眨，闪啊闪，欢呼雀跃。简直像童谣里唱的，"一闪一闪亮晶晶"。我很怀疑，有些星星眨着眨着，就消失了，又有另外的星星钻出来，且天空中实质上铺满星，一条条纵横交错的星河，或隐或现，我们肉眼所见的只是其中少许部分。

　　我们在山路上走，天地间除了星光与月光，大概便是淡竹溪上鸣虫与流水的唱和了。有一年秋天，我们在雁荡山，也得遇这样的夜晚与星空。这里山上的石头与雁荡山上的很像，有的整座山就是一块刀劈斧削似的巨石，呈灰色、粉红色或砖红色，幽峭挺拔，遗世独立，宛如成形于创世之初，宛如坐落于域外天地。

至今，我只记住这三个字：流纹岩。它形成于火山喷发时，其演变过程就如时间本身，神秘莫测。有地质学家认为，神仙居一带山体是青年期流纹岩，雁荡山是它的壮年期，而缙云仙都则是它的老年期。这是我第一次听说流纹岩地貌也像人一样有自己的年龄阶段。神仙居到雁荡，一百千米；雁荡到缙云仙都，两百千米。三百千米范围内依次呈现同一事物不同阶段的样貌，真让人惊诧。

这样的夜里，要是站在神仙居那块最高的山石之上，再伸一伸手，是不是可以触到星辰呢？我想大概是可以的。神仙居南天顶上有一座玻璃观景台，位于海拔八百六十九米的悬崖峭壁之上。人站立其上，可羽化登仙，也可能魂飞魄散。当夜幕降临，游客散去，还需有人在那里轮值、守候。

此刻，这位神仙居的守护者是不是正站在露台之上，望向同一片星空，他看见了什么？虔诚仰望的人总会获得更多通向过往世界的钥匙。反正，那一刻，我脑海里浮现的便是童年夏夜的情景。若干年后，还会不会有一片星空可供我们想起此前所有看星的夜晚？斗转星移，浩瀚的宇宙之中，人的存在实在比星光还要微不足道。可这一切，不正印证了自然运行的法则——微小之物堆积出的世界，可在光里获得永恒。

漫天星辰一度让我忽略萤火虫的存在，直到一阵淙淙的溪水声将我的视线引向对岸的草丛，有移动的亮光，忽闪忽灭。哦，是萤火虫回来了。在我童年的星空下，到处都是这种腹部发光的飞行物，捉它入玻璃瓶里、蚊帐中，它仍打着灯笼飞啊飞，还发出黄色、橙色、红色及绿色的光，不断变换颜色。它本以此光为诱捕、求偶、警戒的信号，而我们只当是好玩儿。

这只萤火虫和繁星闪烁的夜晚，不像是真的。这个山谷也不像是真的。没有行人、汽车，没有任何来自物质世界的喧嚣之声。它从天而降，宛如飞地。但我知道它有自己的坐标和方位：北纬28.71°，东经121.03°。它在大地之上，又常常闹失踪，或行穿越之术，将自己折叠进过往幽谷之中。

那天夜里，我们在溪边走了很久，把所有黑暗中的路都走了一遍。淡竹溪畔的萤火虫趴在我的绿色衣衫上，还以为自已找到了一片天然栖息地，但在跟我回酒店的路上，不知所终！

我询问身边之人，有没有见过那粒豆大的光源，一闪一灭，好似一个提灯之人行走在茫茫大漠里。他们都说没看见，怎么会有虫子放弃优渥的环境跟着人走呢，肯定是搞错了。我想，它应该是迷途知返了。萤火虫栖居的地方，水质干净、空气清新，它怎么会跟着我去那喧嚣、污浊之地。它实在不应该离开那条淡竹溪，离开沟渠、池塘和树丛，它短暂到只有一周的生命却要经过长达一年的孕育，怎么可以到处乱飞乱撞。

四

在神仙居的最后一个上午，我又去看了一回翠云草。那是在我看过鼎鼎有名的"夏季大三角"——牛郎星、织女星、天津四，以及北斗七星后，再次返回那条林中小径。道路两边照例是杉树、甜槠、松与蓝果树组成的阵营，光影交错。走这样的路是赴夏天的盛宴，可以一直走下去，最好没有尽头。

　　前一天晚上，我所见的北斗七星的斗柄指向南方，柄上第四颗星最暗，有时干脆和我们玩捉迷藏。最亮的是第三颗玉衡星。这些星让我想起很久以前玩过的一种可以占卜的草。我不知道它叫什么名字，有些佶屈聱牙的植物名字我既搞不清楚，也记不住。那种草可以从底部被撕开，撕成三角形还是四边形，便看命运的安排了。夜间步行者以北斗七星辨别方向，而我用草茎给村里的妇女占卜，占卜结果全由它撕开的样子说了算。之后很多年，那种菱形、分叉的占卜草我再也没有见过，但时常在别的物什上窥见它朦胧、细微的身影，好似改头换面而来。

　　七十二候中，物与物总在不断转化的旅途中：鹰化为鸠，田鼠化为鴽，雀入大水为蛤，雉入大水为蜃。其实，是不是同族、同属之物并不重要，重要的是它们在某一刻遇见了，且分身有术，转换有术，如此而已。

　　据说柳絮入水经宿可化为浮萍，当萤火虫在河边草丛里飞舞时，我便想起低处发蓝光的草，其色苍翠欲滴，很像女人头上的翠钿，又像匍匐在草丛里的一团雾气。作为其根遇土便生、见日则消的脆弱物种，翠云草理想中的栖身之地并不多，但它大概可以在虎刺、芭蕉与秋海棠下的绿荫中获得庇护。我家院子里正好有一棵芭蕉树，说是树，其实内里空空，全是水。芭蕉向来是脆弱与空幻的代名词，但脆弱与空幻本身并不与生机绝缘。世间万物看似都在变，但自有不变之物存在。我不知道翠云草和萤火虫算不算其中之二。只因为在很久以前，我就见过它们。发光的事物并不多，唯其如此才让人印象深刻。我想起某种翠绿的珠子，它被做成头饰佩戴在唱戏人的头上，云鬓凤钗，环佩叮当，很像一场盛宴的入场。翠云草，细叶攒簇，叶上有翠斑，大概也算是植物王国里最华丽、最安静的扮相。

三天轰轰烈烈的植物课已进入尾声，到头来，我能记住的唯有它。翠云草，不知是否因其羽叶似云纹而得名，它成了我失落已久的首饰盒里为数不多的珍藏。梦里应有尽有，醒时两手空空。一个人在这世上行走，遍尝得失的甜与苦楚，到头来两袖清风、一无所有，如此甚好。我不能把翠云草移植到城市的花盆里，如果真的这么做了，估计只能得到一盆苍白、枯黄的杂草。我并没有一片山林可庇护它，也没有琼浆玉露可滋养它。我还是远远地看它一眼便走开，任它去邂逅谁、爱上谁，都是它自己的事。

从神仙居回来后，我梦见童年的后山，我在山上摘乌饭果、树莓、桑葚，被金樱子表面的毛刺刺到了，还要提防无处不在的猫儿刺，那可比茅草的锯齿锋利多了。我早就被大自然狠狠地教育过，只是年深日久，不以为意，遗忘了这一切。此刻，我忽然有一种重入山林的冲动。

仙居三日

周水欣

这天与地与云与日出日落与冰雪风雨,每天都是不一样的啊,倒是人们,总想着永恒与不变。大自然告诉我们,不变就是万变,万变不离其宗,日出而作,日落而息。与自然紧密融合,互相成就,神仙居不就是在人间?

去仙居

想去仙居的心思很早就有了。松三姑娘在浙江初入梅的那几天,与伙伴开车去仙居办事,一路上遇到大风大雨,给我发来车窗外的雨刷一直摇头摆尾的小视频。就那样茫茫白水一片的,也能看出车窗外的团团绿意,山水萦绕。雨雾缭绕之间,是地大物博的秀丽河山。还有一幅画面居然是,就这样的雨天,人们还在溪边钓鱼和打牌。打牌哎!就撑着个塑料棚。这是多么安逸的人间啊。

还有就是仙居这个名字。这是多么具有神秘感的地名啊!而且居然还有座叫神仙居的大山。天啊,任谁都想去吧。

接到临时邀约的我简直雀跃。然而疫情一直不稳定,各地要求不一样，谁知道能不能成行呢。关键时刻，合肥高铁站发现南京来的两位客人核酸检测结果呈阳性，南京立即给自己加了星号标记。我想这恐怕是去不了了。带着星号标记到哪里都是一个麻烦，虽然那两位阳性患者跟我所在的地方相距十万八千里。正在遗憾，朋友圈热议不断，工信部取消有疫情地区的赋星待遇——疫情防控再也没有赋星行为了。"为了方便广大人民群众出行。"天助我也。我要去仙居了啊。

保险起见，我打了一圈电话，从浙江省级，到杭州市级，到台州市黄岩区级，再到神仙居景区，详细地询问防疫政策。工作人员操着一口柔和的浙江普通话，一级一级、一遍一遍告诉我，来自非风险地区，持有四十八小时核酸检测阴性结果证明和绿码可通行。而我可爱的南京则说，持有绿码即可。至于能不能去别处，"人家同意就行"。这姿态说明长三角地区一直繁荣，是有道理的。

终于，我去医院做了核酸检测，在手机上买好票，简单收拾了行李后在心里默念，今年的小出行，仙居，我来啦。

从南京出发，到仙居暂时未有高铁能通达，只有南京南到台州西的车次，台州西站的旁边就是长途汽车站，扫了场所码，浙江的绿码是翠绿色的，亮亮的，一眼看着就舒畅。这几年真是爱极了各种绿色啊。

仙居，光是这个名字就已经让我神往了。长途汽车晃晃悠悠地行驶在远山近水间。天是水晶天，白云团团，像棉花糖一样白。现下是炎夏，但是感觉这种炎热可以消受，不是忍无可忍的热。

仙居隶属于浙江台州。东晋永和三年（347），仙居立县，名乐安。隋、唐间几经废置，至五代吴越宝正五年（930），改名永安。北宋景德四年（1007），宋真宗以其"洞天名山屏蔽周卫，而多神仙之宅"，改名仙居。至今已有一千六百多年的历史了。

宋真宗是浪漫之人啊。好名字带来好运道，仙居一直富庶、平静、安乐——叫永安也是衬的。仙居也是高僧名道涉足之地，兴平元年（194）建造的石头禅院（石牛大兴寺），比国清寺建寺早四百多年。台州的母亲河——永宁江也发源于此处，叫作永安溪，自西向东穿流而过，延绵百千米。这里的山很有特色，兼有天台的幽深和雁荡的奇崛，据说是世界上最大、最典型的流纹岩地貌之一。每个山峰都独立且险峻，刀切斧削般割裂开来，呈现出遗世独立的样子。

　　我下了长途汽车，打车去神仙居。烈日炎炎，蓝天呈现糖果蓝色。一团一团的绵羊云，白得耀眼。好热啊。

落日与温柔的夜

　　葱花打开手机里的天气预报软件说，今天落日时分是十九点十六分。我们从神仙居南门进入，准备上到神仙居的南天顶，去看落日。

　　一群老友新识、欢声笑语的女子，嘻嘻哈哈地在入口处站定，准备坐缆车上去。文艺女子们延续了长裙、布包、长发、珠链的波希米亚风格造型，还有穿着高跟凉鞋的。从一身爬山短打扮，背着双肩包，就可以看出我是个"板正"的人。但是要不要这么板正呢！花裙子也可以爬山的呀，女子至要紧的是美丽啊！我忽然对自己的拘谨开始反省。

　　继续往上，索道电梯去向山之巅。天边云霞翻滚，秀美奇崛的山峦与姿态各异的山峰就在眼前。山顶海拔一千多米，虽然已近黄昏，可是阳光仍旧炽烈。女子们一边惊叹山美、树美、云美，一边纷纷拿出遮阳伞、帽子、扇子。简儿

更是拿出袖珍小电扇来。她看见我无遮无拦，又从布袋子里掏出一顶赭灰色宽檐小布帽，说："给你戴，你不嫌弃的话就送给你啦。"

我接过帽子直接扣在头顶，正正好。阳光一下子就被挡在帽檐外了。认识简儿才不过一小时，矜持的我已经接受人家的礼物了。神奇的气场哇。

山间暗香浮动，总是能看见一大棵一大棵开满米白色小花的树木。是木荷。花瓣蜡质，花香有点像茉莉，散发出清凉优雅的气味。木荷盛产于江浙地区，这种树开花香又美，花朵捣烂了可以外敷解毒。树质坚硬，村民常常用来做床。它不易燃烧，常被用作防火林，又称作"森林卫士"。实在是宝藏树种。一树的绿叶与蜡白花交相呼应，"山青花欲燃"。正是热烈的盛放。

终于到了南天顶，那里有一座架在悬崖上的华美的白色远洋游轮式观景台。观景台是钢化玻璃建筑，玻璃栈道下是青葱古树覆盖的万丈山崖。游轮头部伸向缥缈的天际，是冲进天空的姿态。我们将在这里迎接辉煌的落日。

走玻璃栈道真是人类神奇又放纵的体验。一边走，一边看着脚下深渊，内心难免嚎叫一嗓子。但站在栏边看向山峦云海，不禁呆住。那些奇崛的山峰近在咫尺，似乎触手可及。最近的这座似擎天柱一般—高一矮两片石峰紧紧贴着的山崖被人类幻想为"观音抱儿崖"。此刻，它正背衬落日余晖，显出一种美妙神秘的紫色来。

盛大的日落在葱花预告的时刻开始了。此刻天边云团、云山、云海翻滚激荡，太阳被遮挡，云团慢慢地燃烧起来，扩散成红色、橘色，扩散成火海，云团被燃烧着拉长，似乎拖着火焰在跑。然后更多的云团游过来，更多热烈的亮橘色光团融入天边，静静地燃烧着，橘红色亮光打在每个人的脸上，每个人的面孔也都在静静燃烧。每个人的眼睛都在这光照下熠熠生辉。

我静静地看着云海与落日缠绵——那种静，是内心惊涛骇浪，表面无法言说。黑暗以一种特别缓慢的速度靠近，让那落日余晖燃到尽，似乎那暗夜也不忍将火光吞没。我回头看，灰蓝色天幕上，一镰弯月已升至头顶。白色的，淡定的，好似灰烬的颜色。

我从未感觉自己离天那么近，近到远离人间。

山里说黑就黑。我一边下山一边频频望着天边，云彩与山峦被黑夜慢慢覆盖，一点点细细的橘红也隐退了。蝉鸣与鸟叫不绝于耳。山涧传来一种动物的嘶吼，此起彼伏。是山猫。

"蝉噪林逾静，鸟鸣山更幽。"这里是神仙居的幽深寂静处，我们屏住了呼吸。

夏日夜晚的神仙居温度居高不下。空气好像被黏糊住了一样，一动不动的。山里的夜来得迅疾，一下子就降至伸手不见五指的黑。在山里，晚上九点后也不允许亮路灯，是为了给大山及山里生物一个休整的过程。鸟儿可以在黑夜里自在休眠，小动物可以借着黑暗出来觅食，树也会与自然交换气息。这是嘈杂的白日没法悉心做好的。人们要在山里生活，享受山里的好处，就一定要珍惜山的再生性能，与山林相互成就。

但是，黑暗的大山仍旧是灵动的。走在山间，左边是山，右边也是山，中间有条潺潺流淌的小溪，溪水以一种轻不可闻却不容忽视的声音在宣告着它的存在。路上没有车辆，我们就走在路中央，抬头看天。在城市里看夜空，是在尘土味道的黏腻空气里，看两边高楼夹缝中的一条天空，那深蓝天空多么遥远而冷淡，当然也看不到星星。而神仙居的夜空呢？我仰脸看天——

那亮亮闪闪的是星星吗？好像是哎。再看，再看，好多好多的星星纷纷出现，挂在灰蓝色的天幕上，一大颗一大颗的，闪着柔和亮白的光。很近的，漫天的，挂在树梢的，隐在山影后面的……好多闪亮在夜空的温柔的大星星。

我仰着脖子看得呆住了。我不记得上一次看到这么多、这么大颗、这么近的星星是在什么时候了。漫天的星星啊，好像一颗一颗大号棉花糖，并不孤寒，也不凛冽，是那么热闹与热络，交互闪动着，缀在夏夜的天幕上。

身后的姑娘在溪边抓鱼捞虾。她将长裙随意一挽，穿着凉鞋直接踩进小溪，姿态娴熟地弯腰看着溪水。一旁有小伙伴将手机电筒点亮，照着幽深的水面。"抓到了吗？""一条小的，"她举着装满溪水的塑料袋，晃动着说，"那边还有，好像是虾。"她们哗啦哗啦地踩着水就蹚过去了，另一个手里多了个网兜，大有要大干一场的架势。寂静的山涧响起姑娘们的欢声笑语，黏腻的空气像被这声音吹开一道风口，忽然活泼流动起来。

"萤火虫，萤火虫看到没？"

"在哪里？在哪里？"

我闻言也低头往水岸深处的草丛中梭巡。"把手机关掉。不要有光。"姑娘们将小鱼小虾抛回水中，又齐齐噤声，黑暗中只有眼睛亮晶晶的。然后，几只绿莹莹的"小飞灯"，悠悠然晃来晃去地出现了，画出一道道绿色幻影，慢腾腾地栖上了我的衣摆。

仙居山里的夜晚是黑漆漆的，也是亮闪闪的；是静谧的，也是充满生机的；是有许许多多的小神仙游荡着的，今夜还包括我们这些仙女吧。

巡山

夏日清晨，天早早亮白，窗前即可以看见一座山峰，在蓝天下显得直接而锐利。旅馆工作人员跟我说，这座山峰叫作"一帆风顺"。真是个好彩头。

还未入伏，气温却一直居高不下。但山里的好处是，所见一切，山峦、树木、河流、天空、云朵，包括树荫与湿热的空气，都是那么干脆清晰，绝不是似是而非、朦胧混淆的。这与山间空气指数好有关吧。

我从台阶上下来，老远就看见穿着一身安保人员制服的年轻男子在神仙居景区北门站立。确认了眼神，我向他扬手打招呼。这是神仙居巡逻队队长小王。今天，他和他的师傅一起，带着我去巡山。

神仙居周围的这片山非常有特点，据说是世界上规模最大的火山流纹岩地貌，一山一石都记录了亿万年前的一座复活型破火山演化的过程。这种地貌的典型形态就是山峰似刀切斧削般割裂开来，奇峰、叠嶂、洞穴、绝壁、悬崖错落，柱状节理和垂直节理的地貌形态极具观赏价值和科学研究价值。这里被专家称为研究流纹岩的天然博物馆。神仙居景区随着这几年的整建日益完善，名声大噪。慕名前来的有世界各地的旅游者。巡逻安保工作量越发繁重。

小王背着一个巨大的迷彩双肩包，里面放着很多装备：小药箱里有常用药物，除驱蛇药、驱蚊药、防暑药外，还有人丹、降压药和跌打损伤药；然后是电筒、充电宝、绷带、饮用水——他顺手递给我一瓶，是仙居出品的矿泉水。与我们会合的另一位巡逻员——老朱，是小王的师傅。小王瘦高，老朱矮胖，两位都笑眯眯的，搭配和谐。

我沿着他们惯常的巡逻路线行走，古刹西罨寺出现在眼前。光绪《仙居县志·寺观》记载，西罨寺是宋代雪崖禅师的留居之地。明万历年间，西罨寺是僧人众多、香火旺盛的宝刹古寺。后来时代变迁，该寺于民国末倒塌，今仅存一座小小遗址。趁着我去看遗迹的时候，小王在旁边休息站打卡观望。

这条进山的路由石头铺就。两边古树参天，向着树林深处逶迤延伸。我踏上问仙桥，桥下本来应该有溪水奔流，可是连日未见雨水，河床干涸，烈日下裸露的石头闪着白光。小王抱歉地说："要是下雨就好了，这边上有好多瀑布，非常漂亮的。"

"每天巡山看到的都是美景，一定很开心吧？"常在城市建筑里滞留的我，满眼羡慕地望着周遭绿意。小王正上前阻止一个调皮小孩爬上高台，叮嘱其家人带好孩子，一时间可能没听见我在说什么，老朱笑嘻嘻地回答："山里空气好，是蛮开心的。"

我看到一棵很高大的古木，古木上挂着牌子：苦槠。老朱笑道："苦槠树结出的果子，外表类似板栗，里面含有淀粉，可以做苦槠豆腐。苦槠豆腐是防暑降温的佳品呢。"

"有苦槠，难道还有甜槠不成？"我笑问。我想到南京的香椿树，也有臭椿树呢。

"有的，山上有甜槠树。"小王接话。甜槠树也有果子，但是村人只偶尔拿它做猪饲料。我们一起笑起来。大自然真是好顽皮。苦的，人吃；甜的，猪吃。

抬头看山，低头寻溪。我们沿着峡谷溯流而上。山道在林间逶迤向前，一路上古藤密布，或缠绕于树木之间，或匍匐于道路之上，山林间清丽幽深，充满时空的沉淀质感，古意盎然。神仙居北门和南门均有索道上下行。北面索道车厢好似公交车，可以上很多人。很多家长带着孩子叽叽喳喳地在车厢里指点着四周景致。悬在山谷间的车厢四面都是玻璃，可以清楚地看见石壁千仞、峰谷万顷。山峦上铺满深深浅浅或苍翠或清明的绿，朱师傅说，春天某个时段，野樱花会开满山谷，美到无法用语言来形容。

一下索道，老朱直接往路边一对中年夫妻那里走过去，俯身与那个男子说了句什么。我以为他们认识呢——然后那个男子掐灭了手上的烟，扔进旁边的垃圾桶。"朱师傅眼睛好尖。"我说道。他说："我们在山上巡逻，眼睛会不自觉地观察小孩有无危险动作，老人有无不妥状态，有无人在抽烟，人群中有无骚动……完全是下意识的。"

我们沿着山崖行走。这条凌空飞架在悬崖峭壁上的栈道叫飞鹰道，栈道逶迤曲折，仿如一条丝带把整个山体绕了一圈，深褐色的护栏依着栈道曲线起伏有致，造型好像藤蔓一般。朱师傅说，这个护栏是仿照山里一种叫作常春油麻藤的植物的样子做的。这种藤蔓生命力极强，会开出大串的花朵，一嘟噜一嘟噜的，花冠呈深紫色或紫红色，盛开时形如成串的小雀。藤蔓护栏沿着山崖伸向远方，哗哗哗地好像在生长一般，与大山异常贴合。栈道可两人并行，沿着群山延绵而上下。这栈道建在悬崖峭壁之上，望出去可见大小山峰参差矗立山谷间，脚下是万丈深渊，谷底有莽莽林海。栈道沿着悬崖的皱褶慢慢前行，移步之间景致变换。眼前这座擎天柱般的山峰，当地人称作"天柱岩"，取其高耸入云、一柱擎天之意。但沿着"淡竹听泉"的那条峡谷一路上来，它又叫作观音峰，因为看着像观音合十。再到南天顶的莲花台去看，它又变成紧挨着的高低两片石峰，就叫"观音抱儿崖"啦。

　　走过著名的如意桥，我们往蟠桃园去。路上三三两两的旅人有的兴致勃勃，有的气喘吁吁，还有几位脸色通红、趔趔趄趄的。每走过一段距离，都会看见巡逻队的队员在执勤，小王会上前询问几句。也许海拔高、离天近，太阳光非常炽烈，晒得我胳膊生疼。我们都走得一身汗。我问小王：

"巡山会遇到什么险情吗？"小王笑说："一般不会。就是遇到特殊天气的话要警惕一点。但是，下雨下雪天，山里会更加美。"他翻出手机照片给我看，阴天的时候有彩虹，有云海，人在悬崖上走，云雾在脚下飘飞，山峰峦嶂在云中时隐时现，那感觉真好似神仙在腾云驾雾，至此飞抵天宫不再下凡。神仙居，就是神仙居住的地方啊。

小王忽然转身向栏外说话，吓我一跳。俯身一看，原来是两位身穿鲜黄色专业服装的蜘蛛人，他们正在准备绳索装置，要下到一个山崖去。再往下看，一些被游客随意抛掷的垃圾散落在山间。景区会定期聘请专业人员清理那些滞留在山涧、崖底、野树枝杈上的塑料袋、零食包装、空瓶等垃圾。小王介绍说，很多公益搜救队也会被请来做这些工作。在巡山的时候，有时会遇见越野运动爱好者在爬山。这些探险者经常攀爬野道，而大山是有危险性的，在大风、大雨等特殊天气时极易出事。巡逻队每年都要与民间的公益救援组织合作救人。巡逻队与救援队算是两支需要互相配合的队伍，彼此也很默契。敬畏自然，是每一个人都该牢记在心的。否则，不会有机会改正。

　　站在蟠桃园平台上，游人们一览众山小，肉眼可见面前山峰耸拔嶙峋，身上长满草木，郁郁葱葱。而平台下，有个小小暗门，里面别有洞天，是整个景区的调度房。一面墙的高清监控屏幕在兢兢业业地工作。这里可以观察所有关键景点、关键方位的画面，是巡逻大队的心脏。神仙居景区在旅游旺季，漫山遍野都是人，人挨人、人挤人，这时候，巡山队员的神经就会绷得很紧。"最常发生的就是丢小孩，"小王笑起来，"家长爬得慢，小孩一下就跑远了。（家长）急得发狂。不过我们就很笃定，安慰说，一下就能找到。调一下监控嘛，叫巡逻员分段去找。"

　　"还有怪事很多，两夫妻吵架，景区关门也不肯下来。怎么劝也没用。最后收尾的队员只好跟着到半夜。"

　　"还有游客太兴奋，爬到山顶了腿脚抽筋，下不来了，"老朱抹一把汗，呵呵地笑起来，"最后我和另一个队员，一人一段，硬是给背下来了。下山路难走，每人三百米这样轮流背。最后那位女士过意不去非要给我们钱。我们不要。她回去后给我们仙居政府写来一封感谢信。"在老朱心中，感谢信比钱要珍贵得多了。

谈谈走走，好山好水让我频频赞叹。小王说："冬天来，下雪的时候风景更美。秋天也美的，树叶都是彩色的。""那春天呢？"老朱说："还有夏天！雨季过后，满山瀑布……"我哈哈地笑起来，在他们心中，神仙居无一季不美、无一日不美。

神仙居南北均可出入，有缆车，有修葺完整的石阶路与贴着山崖的步行道。神仙居海拔一千多米，若登山，上下起落都有十多千米，那么南北连贯的话，距离超过二十千米。沿途都是大自然的神迹，值得一游。上南天顶看落日的话，架在山顶的电梯将人徐徐送到最高处的悬崖上，那里，有一艘巨大的玻璃"游轮"，游客可直接在天空中欣赏天空，那种震撼，值得亲历。

老朱和小王都是仙居本地人。老朱的家就在山脚，在神仙居开发的时候就在此工作了。他曾经是村里的支书，"但是我还是更愿意与大山打交道啊，"老朱说，"每天在山里行走，更加舒畅。"我与小王频频点头。能够日日与山川为伴，是求之不得的缘分。

宋代画家郭熙在《林泉高致·山川训》中说：

> 山有三远：自山下而仰山巅，谓之高远；自山
> 前而窥山后，谓之深远；自近山而望远山，谓之平远。

这些远远近近，巡山人每日都可以领略。而巡山人还知道，山在那，水在那，可是每天都是不一样的山和水。小王说，他们每天会在景区开门前一小时进入景区巡查一遍，看看一夜过后，可有什么变化。"每天都觉得不同，真的，每天都不同。我们检查是否有安全隐患——是安全的，但却是不同的。"要问哪里不同，小王也说不上来，河边溪水上涨了一点，要插个路牌。石板路上有小动物的痕迹，要撒点驱虫粉。那棵树开花了，这边青苔好像被什么生物蹭掉一大块……大自然每天不同。步话机里传来总部问话："有无异常？"小王每次说"没有"的时候，都很言不由衷，但也讪笑自己大惊小怪。这天与地与云与日出日落与冰雪风雨，每天都是不一样的啊，倒是人们，总想着永恒与不变。大自然告诉我们，不变就是万变，万变不离其宗，日出而作，日落而息。与自然紧密融合，互相成就，神仙居不就是在人间？

山中月夜帖 一

松三

沧海桑田，云海山川。如今，海成云，云海上，灼日渐息渐落，隐入地平线。天空染出一片瑰丽的晚霞。晚霞前，双手合十的观音像肃穆凝视，深色的火山岩体被照得更深邃了些。而我们的脸，变成紫色的、粉色的。

一

　　月光真亮，亮得发白。

　　一排尖尖的叶片和花穗抽拔着伸向幽深的月色中，高过头顶。我们抬头看，看这茂盛的吸收着月光的植物是什么。有人踮起脚来，将头埋入茂密的叶，才发现，竟是玉米。

　　夏日，玉米长在神仙居的月光里，月光将玉米细细的须照成花穗。一群喧嚣凡人，走在神仙居的夜中，在一条路边，注视一片被月光照亮了的玉米地。有人惊叹，玉米原来长得这样高大！玉米白日没这样高大吗？真奇怪。

　　身后，一个叫作小山村的屋子被我们抛在浓重的夜色中。它灯火寥寥，缀在夜中，悄然无声，紧闭着门。前一分钟，我们还在那屋子中推杯换盏。那屋子里有一对神仙眷侣，妻子管账，先生下厨，只把山下有的农家菜，端上桌来，以供我们这样的山外来客享用。

只是，如今转个身，倒像从未去过。

夜是这样的，夜会把过去与未来照得模糊，夜只有当下。

夜里，人成了影子，屋子成了影子，影子落在大地上。树的影子微微动，有风。我抬头看，神仙居的山也成了影子，神仙居的影子一点也不如白日巍峨了，它的山头，圆圆的，柔软得如同仙居"麦脸"一般。

我伸出一只手来，放在月色下看，五指影影绰绰，同伴说，哎呀，你变透明了。是深灰色接近黑色的透明，在夜中，我变得透明，融化在夜里。我变得轻盈，成为薄薄的黑色的纸片。

爱跑步的纸片同伴说，真想在这样的夜中跑起来，我在黑暗中使劲点点头。清凉的风吹来，我想，在这样的夜风中奔跑，就是御风飞行，说不定，借着地上细溜溜的影子，可以一直爬上树梢。

我抬头看，原来地上是青松的影子。笔直的树干上长着一团蓬松的枝头松叶，整饬有序。白日，它们隐在青山树丛间，各种绿色相间交杂。现在，黑色将它们显现出来，如卫兵守立，守着什么呢？守着山，守着月，守着清风。它们在风中如如不动。我看了一会儿，它们只是存在而已。

借着树梢，可以一直攀上神仙居的山。同伴说，只要脚尖那么轻轻一点，便从树梢跃上了山头。

这话听起来多么荒唐，但不假的，你要来夜晚的神仙居看一看。夜晚用影子把我们与白日分开，又用影子把低处与高处相连。树梢就在路沿，山头就在树梢，月亮稍远，月亮与一切都保持一点点距离，月亮躺在星星铺成的夜床中。到月亮上去，还是需要一个梦。神仙居离我们的月中梦真近。

神仙居的山，大约很少有人在夜中看。夜中的神仙居，山似馒头、半圆球，似……拳头、大碗？神仙居的山，一点也没有白日嶙峋的巍峨，而是敦厚、温柔、轻盈、可爱，像有人挪了布景板搁上去似的。

或许只有我在看山。

同伴们，打着一点光，举了网兜呼啸着下河捉鱼。山下的溪水，在夜色中也发着白粼粼的光。夜中溪鱼如我们一般，在月白清风中浮于水面。啊，不对，我们这是在偶然的夜晚，我们是溪鱼的偶然。溪鱼定当想，这是哪里来的一群吵吵闹闹的世间人？幸好，世间人在这神仙居住的地方，也只是和鱼儿开了个玩笑——同伴们把捉住的鱼又放了。

二

让我们把时间推回四小时前。

神仙居的夏夜，其实从下午七时左右开始。

下午五时左右，我们在神仙居的山下观看一枚月，月很小，挂在山梁，日头还未落下，月像宇宙随便投掷的一枚光亮小石子儿。我在这枚小石子儿下吃一枚桃子。桃子好甜，令我想起小时在这样昼夜交替的傍晚，和家人一起，坐在门槛上吃着果实的日子。

这样闲适地等待日落的日子，很久未曾有。这样等待时间自行溜走的日子，也很久未曾有。

太阳下，人们不断远行。月亮来了，月亮使人停驻，停驻下，做一些忘机而无目的的事，无所事事吃个甜甜的桃子，在桃子的甜味里看山。多好。

五时多，别人下山，我们却上山。7月的日头当真高，上山等待夜晚的我们在路途上汗流浃背。

　　日头下的神仙居，石壁耸立，光秃秃的崖石上，连植物也难攀缘。如果不是那乘坐时如飞升一般的索道，我们如何上得去？前些次来，我问过不少当地人，都说，神仙居从前只窥得一二，却从未见全貌。但从前也有好处，不见全貌，便想山中许是真有仙人。如今也好，如今可想，仙人无处寻，但有攀云梯，自当上神仙居当一回仙人。

　　看落日，要上南天顶。我们上南天顶，沿路遇见木荷，一种开白色小花的高大的树。很多人第一次见，只一路说着这漫山遍野的木荷。也有人喜它好看，将它戴在自己的耳鬓，是个男人呢。他坐在一株青松下，说起古代男士簪花的习俗。我们还遇见一树野杨梅，小小的红色果实，有几颗落在地上，有人站在树下不肯走，说，要等风，等风砸一颗下来。他说，也许仙人是这样采果的。

　　已过下山时间，南天顶空无一人，唯我们一群人，在高空的玻璃栈道上游走，有人战战兢兢，有人如履平地。这样玩闹着，落日便从一侧悄无声息地来了。落日来，大家都面向它，默默不语。如此宏大的谢幕，我们该说什么呢？谢幕却只有那么短暂的一小段时间，那么一小段时间，谁又有多久未曾静静注视呢？

　　起先，落日是一团亮光。亮光渐坠入云层，把层叠的云晕染成金黄色——它变得温柔了。亮光渐渐褪去，太阳显现出原有的轮廓，云层厚重，使它若隐若现。

　　有人轻叹："落日好看，还要看云。"

　　云使落日变得丰富，也使落日变得不那么伤感。豁达的同伴安慰忧愁的同伴："第二日，太阳还会再升上来的嘛！"乐观的同伴就说了："那云层，倒像鳗鱼干。"一位年长的同伴是仙居当地人，他指着远处层叠的云层，回应她，几万年前，那边的确是海。

　　沧海桑田，云海山川。如今，海成云，云海上，灼日渐息渐落，隐入地平线。天空染出一片瑰丽的晚霞。晚霞前，双手合十的观音像肃穆凝视，深色的火山岩体被照得更深邃了些。而我们的脸，变成紫色的、粉色的。

　　谁能想到呢，夜是从那么柔媚的颜色开始降临的。

　　夜幕渐合，追着我们下山的脚步。脚步有风，那位喜爱木荷的男性，忍不住又擒住了山路边的一小枝，他将头深埋进花枝。往后他想起神仙居的夜，便多了几分木荷的香。

三

读川端康成的《花未眠》，有一句"凌晨四点醒来，发现海棠花未眠"。这人的心真哀愁啊。我更赞同《枕草子》的夏夜：

夏天是夜里最好。有月亮的时候，这是不必说了，就是暗夜，有萤火虫到处飞着，也是很有趣味的。那时候，连下雨也有意思。

应当是这样愉快的夏日的夜晚。

神仙居也有萤火虫。它们高高低低地飞舞在溪水边的丛林里。它们时隐时现，我们惊呼着，追逐而去。

许多人谈起曾见过的萤火虫。有人说，在日本时，朋友曾专程开车带她去一地看萤火虫，快至目的地时，朋友关上车灯，他们坐在车中，看窗外一片星星点点。许许多多的萤火虫将他们围绕。如梦一般。

有萤火虫，我便想起幼时父亲背着我走夜路。也在这样月光如水的夜晚，父亲不舍回家，在邻人家中待得晚了，而后将睡眼惺忪的我放在背上，走长长的山中夜路回家。回家的路上没有一盏灯，只有月亮，冷风吹到背上，我瑟缩着。父亲说，不要怕，也不要回头，肩上有明灯。我想，那是指萤火虫吧，或是天上璀璨的星。

神仙居的星空，很亮。星星在天上汇成一条河。但少有人见过。我问当地人见过没有，他们都问在哪里呀？我说，神仙居山下，那条从南门到北门的路上，在漆黑的夜，走进去，便能见到。当地人睁大了眼睛，点点头，说记下了，下次一定去看。

忧愁的人，来这夜中走走，应当比李白还要豪迈。李白说："危楼高百尺，手可摘星辰。不敢高声语，恐惊天上人。"走在神仙居的夜中，可高声，可歌唱，可学鸟兽鸣。不过，李白说的是《夜宿山寺》，神仙居内有座西罨寺，若游走到寺中，不可高声，只当学贾岛，僧敲月下门——你我都在那古老的门扉上，轻叩几声。

做个夜游人吧。我意犹未尽。

第二日，晴日又当空，对面友人说，好像仍走在昨日的夜中。我看着她面容柔和，双眼里仍装着昨日的夜，夜色如水，夜的温柔犹如一双眼的温柔。

　　我喜爱的作家说："太阳出来后，全世界都真实了，唯有月亮像一个梦。"从神仙居的梦中醒来，如今却好似还在那夜中、梦中。

月光嶓滩

松 三

嶓滩的想象更久远诗意些。古嶓滩人记录,在古老的嶓滩,朱姆溪、万竹溪、九都坑溪、黄榆坑溪同点汇入嶓滩的永安溪,故嶓滩有夜观五月之景。

你可以想象,在古时的嶓滩,你看见天上的明月同时倒映在五条河流中,那么你眼前便有六轮月,一轮悬于空,五轮浮于河。古镇、商船,在月光中酣睡,这是多么温柔而震撼的景象。

白茶伶仃几朵，清冷如江南的一月。

我们漫步在一条卵石垒成的小堤上，两侧植白茶，惠润说："这白茶，年头不下十五年了。"惠润在皤滩古镇做讲解员。她说白茶好看，但不多见。我凑上前去，看白茶花瓣圆润，既清丽，又质朴。

皤滩也是白色的。

皤，中文释义：白色，常有苍皤、皓皤、皤然，皆形容白发苍苍的年老模样。听说皤滩建于隋唐时期，不知道为它命名的那位隋唐人是出于何种心境，将初生的小镇赋以"皤"字。大约是地久天长的祝愿吧。

滩，为河床，这是我的释义。行走在仙居一带，可见河床由白色、浅黄色卵石铺就，如我从小生长的河边。卵石是极洁净的，如天上云落在地上。我前一次到仙居，经过淡竹一带的水边，也见到这样的卵石滩，宽阔无边，让人生出停留之意。月色下，卵石河床与沙滩不同，它会发白，如几千年后宇宙纪录片中的月球影像。

我们随惠润走入皤滩主街，路面也由卵石铺成——手掌那样大的卵石一个个规则侧铺。远远望去，卵石侧身如薄鳞片覆在路面，婉转灵动。在江南，古镇大多以青石板铺街，在皤滩，卵石铺陈的街道，称为龙麟街。

龙鳞街的卵石泛白、泛光，千年来，它们已被脚步、车轮磨得光滑。细看，石缝中透着绿，新春即来，嵌在石缝间的青苔茸茸似新的时光，从古老漫长的历史之石中焕然迸发。听说，皤滩古时有专门的拣石模具，用来测量石头的大小、形状——你看，古皤滩人像我们挑苹果、梨、荔枝一样挑选石头呢。

皤滩人真是喜爱石。主街用卵石铺就，街道两侧的古老柜台则用砌好的方正大石，做台阶，做柜面，坚不可摧。皤滩曾经一定有很多石匠，皤滩的夏日也一定凉爽极了。皤滩人以石作基，石以上才用木，做成木墙、木梁、木窗子、木栏杆，木已老、已朽，木看起来比石还老。

木屋子下的石头街道静悄悄的，空无一人，唯有我们的脚步声。

行至一户人家，阶前开了一株红茶花。我们轻敲一扇老木门，木门底下已被风雨虫蚁侵蚀得圆润。木门后探出一位老人，看见我们，他的笑靥展开，朝幽暗的里间招呼着，里间又走出一位老人，是他的太太。他俩白发苍苍，不，以皤滩形容，是白发皤然。

老太太名叫王汝兰，我们来看她做的花灯。我们随他们走入幽暗的古老空间中去，穿过一条小小的弄堂，走过一方青苔铺满的院子，拐进一间黑黢黢的里间，我眼前蓦然一亮，角落里放着一座五光十色的花灯架子，上头挂满了各式各样的花灯。

皤滩的花灯叫仙居针刺无骨花灯，也称唐灯。无骨，指整个花灯不用一根骨架，只以大小不等、形状各异的纸张粘贴接合成不同造型，如荔枝灯、菊花灯、绣球灯、圆球灯等。针刺，是指组成灯的各种纸片均用绣花针刺出各种花纹图案。光，即从这些针刺的孔中透出。

据说，即使是最简单的一盏无骨花灯，老太太也至少要坐在她那张制作花灯的小桌子前刺上十万针。

见过花灯，皤滩便不一样了。我明白了"华灯初上"，我走入了远古的皤滩，沉浸在一片灯光月色中，四周被水域包围，船只挂着花灯北上，将江南的温润流光带向北方，带进宫廷。

比起皤滩的石，皤滩的灯走过更遥远的路。

如果不是来到皤滩，我们大约不会知道，在浩浩荡荡的历史长河中，自隋唐始，有那么一群人，坐在皤滩的屋檐下，日复一日做着这精密而重复的关于美的劳动。

静静的皤滩慢慢醒了过来。除了花灯铺子，盐号、米行、药铺、当铺、酒楼、客栈、庙宇、祠堂，人影交织，喧嚣声从四周包围过来。在这里，有石阶上休憩的脚夫，街道后临河停泊船只上的船夫，铺面前打起瞌睡的掌柜……

住在江南，便是这样好，走过古镇，便能想象古镇。

皤滩的想象更久远诗意些。古皤滩人记录，在古老的皤滩，朱姆溪、万竹溪、九都坑溪、黄榆坑溪同点汇入皤滩的永安溪，故皤滩有夜观五月之景。

你可以想象，在古时的皤滩，你看见天上的明月同时倒映在五条河流中，那么你眼前便有六轮月，一轮悬于空，五轮浮于河。古镇、商船，在月光中酣睡，这是多么温柔而震撼的景象。

　　说起来，李白也许也见过皤滩的月吧。许多人依据李白的《梦游天姥吟留别》推断，神仙居可能为李白曾经到访过的天姥山，那么，他也许到过皤滩？如果到了皤滩，他是否也见过皤滩的六轮明月？

　　再也没有比李白更爱月光的诗人了吧：

　　"朗笑明月，时眠落花。"

　　"明月出天山，苍茫云海间。"

　　"明月直入，无心可猜。"

　　…………

　　想一想，李白未到过皤滩也不要紧，那些踏足过皤滩、见过六轮月的人，都比他人见过更美的月。月光是比诗本身还诗意的事物呀。何况有六轮月。

园有枇杷

一 松 三

　　我想起一张画来，三枝枇杷，黑白墨色，是清代画家金农的一张枇杷小品。这张画的左下侧题着字："橛头船，昨日到，洞庭枇杷天下少。额黄颜色真个好，我与山妻同一饱。"我想象着，5月波光粼粼的洞庭湖上，画家与妻子棹一小舟，来到枇杷树下，看树上挂满金黄果实，一同亲手摘下吃到饱，这样满足、快乐。也许正是甜蜜枇杷带来果腹之后的平静，才使黑白墨色显得异常动人。

一

5月，我来到仙居。仙居连着下了几场雨，雨雾蒙蒙，青山半掩半藏，一片翠色。翠色间金黄点缀，山岚也掩不住这鲜亮。

5月，仙居的枇杷渐黄。我们是来寻枇杷、吃枇杷的。

其实倒也不用特地寻，到仙居走一走便知晓，但凡村镇中的家家户户，门前、院子里、菜地里，皆有金黄色果实坠坠。宋代诗人戴复古在《初夏游张园》一诗中写："东园载酒西园醉，摘尽枇杷一树金。"

5月，仙居树树金。

贵平老师迎来，说："走，去看看仙居的枇杷之乡。"

贵平老师任职于仙居县农业技术推广中心，仙居的蔬果、粮食，如他日常的一蔬一饭，有他引路，我们便走向仙居的枇杷园中。

枇杷之乡，名曰官屋，位于朱溪。官屋静悄悄的，在村庄里能看到的山崖，皆被山岚萦绕着。仙居一下雨便是朦胧温柔的。说来，我来过仙居好几次，次次来，次次下雨。上一次，是在雨天上仙居闻名遐迩的神仙居，赶上大雾，神仙居的峰峦皆成为雾气腾挪的想象。

仙居的枇杷倒长在低处，比我幼时见到的枇杷树更低。山岚在上空浮动，枇杷金黄入目。官屋的一位山民传授，枇杷树生长时，要砍去正中的树枝，让旁边的树枝长起来，长成一把大伞。这样采起枇杷来，方便，梯子也不用。但官屋的枇杷还未开采，山中气温稍低，连逢下雨。开采后，会有枇杷商人专程来到官屋收枇杷，鲜卖的、做罐头的、做枇杷膏的……

"还有一位专来酿枇杷酒的酿酒人。"山民说。

他身后的妻子惊奇了一下："还有枇杷酒？那么你喝过吗？"

我们都笑起来，看来枇杷酒是这对老夫老妻间的一个秘密。

我想起一张画来，三枝枇杷，黑白墨色，是清代画家金农的一张枇杷小品。这张画的左下侧题着字：

概头船，昨日到，洞庭枇杷天下少。额黄颜色
真个好，我与山妻同一饱。

我想象着，5月波光粼粼的洞庭湖上，画家与妻子棹一小舟，来到枇杷树下，看树上挂满金黄果实，一同亲手摘下吃到饱，这样满足、快乐。也许正是甜蜜枇杷带来果腹之后的平静，才使黑白墨色显得异常动人。

他称妻子为"山妻"，山夫山妻，如眼前的这对仙居老夫老妻。他们居于山中，在每年5月站在屋前，等待枇杷果实渐渐黄、渐渐黄透。他们在等待一场关于枇杷的丰收劳动。

二

苗苗的"福应"枇杷已黄了一座山。仙居有宋代福应塔，福应的好期盼，被苗苗寄托在果园里。因为果园靠近县城，温度较高，枇杷的金黄沿着山脚漫到山腰，再往上，山

峦叠翠，山名喊作青尖。

山脚下的白房子里，十几位阿姨正在小心挑拣着枇杷，个头不大的、不够黄的、受过伤的，都得挑出来。苗苗将表皮附有褐色斑点的枇杷称为受了伤的枇杷。

枇杷果，是很脆弱的。如枇杷叶、枇杷梗，附着一层细细的绒毛，枇杷果也有。采摘时，这层绒毛若有一点碰到、擦到，便会瞬时转成斑点。因而得采梗，且要一粒粒采，看黄透了采，看金黄中那丝绿意将阳光转化为足够的甜蜜后采。这是需要眼光的。

因而采摘枇杷的，都是上了年纪的、经验丰足的阿姨。她们眼神准、足够耐心，也有一点好胜心，看谁采得快、采得准。现在，她们正坐在小房子的长条凳子上晃着腿儿呢，等雨停，上山，上树。

连日的雨没有下在苗苗的心上。苗苗说，枇杷采摘最好的天气，是夜里下一场雨，白日迎着阳光，这样子的枇杷，夜里吸足了水分，"澎澎的"，阳光一照，甜度也好，品相也好。关键是，要来得及采摘。若来不及采摘，只能任由金黄果子落尽。

苗苗有大约一千株枇杷树，这大约一千株枇杷树，每株都有二十多岁，是白沙枇杷。这是苗苗从林阿姨的手中承包下来的。林阿姨是个上班族，却早在二十多年前便看中这青尖山，植下枇杷、杨梅、梨。林阿姨上班之余，便念着自己的果园。苗苗原在更大的城市做生意，但想要一座果园。因而，这就成了她和林阿姨共同的果园。今年的枇杷，一部分用蓝黄相间的盒子装好，当天运送出去，盒子上印着——神仙大农。

大农，大约是每个仙居人的生命基因。

苗苗掰着指头给我算仙居一年的水果季，初春的樱桃，初夏的桑葚、枇杷，盛夏的杨梅，还有桃、梨……苗苗说，不知道为什么，就是想回来做农业，明明赚得更少。但站在果园里，心中快乐、富足，眼睛笑得弯弯。将孩子也领回来，果园成为他们和同学的乐园。

她说，孩子领略到许多城市里领略不到的东西。

三

我喜欢枇杷树的古老、茂盛，枇杷叶厚朴，枇杷果鲜艳。去年冬季我的呼吸道出现炎症，母亲便从屋后的枇杷树上采了枇杷叶、枇杷花煮了水给我喝，这水清凉解毒，含有少许甜味。还有未用完的，我细细看了，枇杷花不好看，毛茸茸、灰扑扑，谁会在意它？更不在意的人，都不知枇杷会开花。

但真公平，枇杷的果好看。我认识一位插花艺术家，他的插花惯用果，如番茄、葡萄，很有古艺术家的遗风。古艺术家是爱果的，除了金农的墨色枇杷，画家历来为枇杷的金黄色着迷。宋徽宗赵佶画过《枇杷山鸟图》，宋代画家林椿、崔白、吴炳分别画过《枇杷山鸟图》《枇杷孔雀图》《八哥枇杷图》。金黄色的小果丰满圆润，在绢上、纸上流传，伴随着古人那微小的喜悦的注视。

那些注视里，鸟类比人更爱吃枇杷，也比人更通晓枇杷的甜蜜。今天仍然如此。苗苗说，往常要给枇杷山蒙上一张巨大的防鸟类啄食的网。这真是一种关于甜蜜的烦恼。

对于枇杷果实成熟与否的敏感，能超过鸟类的，只有孩子。

我也有一株枇杷树，近八十岁的祖母种下的一株枇杷树。它长在浙西深山老宅的屋后，已长得很高，高到接近天空，属于我们家族所有人。枇杷果子长成，一串串垂在枝头，枇杷果起先为深绿，继而成为青绿、淡绿、浅黄、深黄。如人的四季。

幼时，枇杷是很珍贵的。观察枇杷在5月中的果实变化，是我们最要紧的事。苗苗说，在她小时候，仙居枇杷也未有那么多，每年有固定的开采季，开采前，敲锣打鼓，庆祝枇杷的丰收。

枇杷树长大后，我渐渐远离深山，远离枇杷树。一头银丝的伯父守在枇杷树下——他常喜欢坐在能见到枇杷树的门槛上吃东西。山中的枇杷多得吃不完了，落下来，铺得满地金黄。伯父说，年纪大了，吃得少，更多留给鸟吃。他说，人是这样的，要给自然让步。

苗苗折下裂了口的枇杷，雨下得多，果子涨裂了。她说，心疼，但又接受自然的安排。这是作为一个农人要接受的事。

我站在枇杷树下，想起归有光的《项脊轩志》：

> 庭有枇杷树，吾妻死之年所手植也，今已亭亭如盖矣。

　　这是一份悲伤的思念。

　　枇杷树是很长寿的，就如我家的枇杷树，它已历经好几代人。枇杷树的生命力顽强。在老家，许多枇杷树，大约是由人吃枇杷时不经意间吐出的枇杷核孕育而成的，枇杷树长了出来，长在谁家的院子里、菜地里，便属于谁家。

　　贵平老师捧来一掌心的枇杷，他很欣喜，这是他植下的枇杷树第一次结果。我走过去，枇杷树还不及我高，果子却饱满。

　　傍晚，我们来到距今已有六七千年历史的下汤遗址。遗址所在的地方看起来只不过是普通的田地，我们只站在门口，看一株古老的枫树在风中轻轻摇摆，看映在白墙上的黄果子澄明可爱。

那一片真山真水

简儿

"时间之河，隔河相望，却不能渡。"唯有一个人长久地伫立于秋风中，任思绪飞扬，神游太虚。江山如梦。我们蜉蝣般的一生，不过只是一个巨大的梦境。那么，何不如学古人，揽清风入怀，伴着鞋履叩击山石的清脆之声，徜徉于山间小径，或探访或寻幽，或捡一块石头，或摘一枚红叶。暮色忽已晚，再背一筐松枝回家去。

永安溪上的老船工

一张两个小竹排扎在一起的竹筏，静静地泊在永安溪上。那竹筏由于终年浸在水中，有一截略呈墨色，看起来已经很古老了。

那个撑篙的老船工，头发花白，皮肤黝黑，腰背有些佝偻，额头印着深深的皱纹，似群山的沟壑。他那双手的关节特别粗大、有力，手指却极瘦长，宛如老鹰的利爪，紧紧攥着竹篙。两岸青山在他的轻轻一推下朝后退过去了。

溪两旁的浅滩上，堆着白色的鹅卵石。浅滩状如平地，连汽车都可以在上面行驶，许多游客在浅石滩上搭了帐篷，铺了野餐垫，或坐或卧，悠然嬉戏。这画面宛如一幅暖融融

的春景图。

时令已是秋天，满山的树木，微微泛了一层淡金色。苍翠之中仿佛有了一点疲惫与倦怠，唯江中的溪水，仍一路不停地向前流啊流，永不知忧愁。

岸上矗立着一块石头，石上有字，我凑近一看，是隶书写的"绿如蓝"。春来江水绿如蓝，可不是嘛，这永安溪里的水，可不就像一匹墨绿、深蓝，布满了流水图案与花纹的绸缎。

老船工是个寡言的人。不过像我这样聒噪的人，一路上免不了问这问那。

"老伯伯，溪水深不深？"

"深啊，有十几米深。喏，你看竹篙都没掉喽。"

我一看，果然，那支长长的竹篙，只剩了个末梢。

"撑竹筏顶要紧的是掌握方向，倒不怕水深。"老船工朝我微微一笑，只见他飞快地把竹篙从水里捞起来，在竹筏的另一侧用力一划，那竹筏又稳稳地朝前去了。

遇到水流湍急处，老船工索性收起竹篙，任竹筏顺流而下。

在水流清浅的地方，竹篙敲击着溪水下的石头，发出清脆的"咣当咣当"的响声，好似在奏乐一般。我想"鸟鸣山更幽"，大抵说的就是这个样子。舟行溪上，我只觉天地之间清静寂然。婆娑世界，一切执念皆是虚妄，只有那一片山水是真的。

导游小周告诉我，仙居有一句广告词叫作：真山真水真空气。仙居由于地理位置较为偏僻，以前交通不便，生态环境未遭到破坏，山好水好空气好。这一路漂下来，果然山清水秀，令人心旷神怡。

到了下游，只见蜿蜒在群山之间的一条绿道，宛如游龙盘在山上。一个骑着车带着女朋友的小伙子看见我们的竹筏经过，冲我们大声打招呼。

那一种青春的张扬与欢喜，令人怦然心动，又颇觉惆怅。

滚滚红尘，转眼成空。有什么东西可以永恒，不老，不死，不伤，不灭？一个转眼，那个曾经在溪畔玩水的少年，变作了今日我所遇见的腰背佝偻的老船工。

忽见半山腰上有个山洞，老船工面色肃然，说那里供奉着几尊石佛。山民逢初一、十五会去洞中拜佛。据说此地信佛者众。拜佛的日子只能茹素，有个孝子，为了能让母亲吃上好菜，故而每年中秋节都在八月十六过，后来此风渐盛。仙居不愧为慈孝之乡。

我在百度上查阅"仙居"名字的由来：东晋永和三年（347）立县，原名乐安，至宝正五年（930）改县名为永安。北宋景德四年（1007），宋真宗以其"洞天名山，屏蔽周卫，而多神仙之宅"，下诏改县名为仙居，意为"仙人居住的地方"。

此地果真有神仙乎？

老船工笑着摇摇头，没见过。

我忽然想起那个"一人得道，鸡犬升天"的成语。那两个化装成乞丐，来试探王温的仙人，从酿酒铺的酒缸里走出来时，已经变成英俊少年，焉知我眼前这个老翁，会不会是天上的神仙呢。

等竹筏靠岸，我们一个一个跳到石滩上，老船工把竹筏拖到了一旁的卡车上。卡车突突地把竹筏运走了。一个转身，那个老船工，也倏地不见了踪影。

沿着绿道走一圈

在永安溪漂流之后，我们来到仙居的绿道。时下许多城市都修筑了绿道，为本城市民步行、骑车、休闲的好去处。据说仙居的这一条绿道，总共有一百多千米之长。

仙居境内奇峰异石，湍流飞瀑，幽谷清溪，翠竹秀林，风景美不可言。由于绿道修筑在山上，须在石头上打桩，架起高架，再铺上地龙和木板，工程十分浩大。

我们租了一辆自行车，沿着绿道骑起来。

"那是永安溪。溪对面的山上那一团矮矮的树木，就是杨梅树。仙居的杨梅有乒乓球大。十来个就有一斤。"

导游小周向我们介绍道。她说老家后院里有一株杨梅树，结的果子特别大，她特地拿了电子秤称了下，一颗足足有三十三克。

"不过这时节可吃不到杨梅啦。来仙居最好的时间是七八月。"

然而这个时节亦有这个时节的好处。四季之中，我最爱秋天。虽只是初秋，树木油绿的裙衫上，却早已夹杂了一层微红，有了一点慵懒与暖意。

　　那一点慵懒与暖意，令我紧绷的心松懈下来。终于不必那么着急地赶路了，可以悠然地徜徉于山水之中。与在永安溪上漂流一样，站在绿道上欣赏江上的风景也实在很美妙。

　　只见河对岸矗立着一座灯塔，有三四层楼高，想来江上亦有往返穿梭的夜航船。清寂的秋夜，那船上的旅人，沐着清辉，站立于甲板上，他所见到的那一轮月亮，还是唐宋那一轮吗？

　　"时间之河，隔河相望，却不能渡。"唯有一个人长久地伫立于秋风中，任思绪飞扬，神游太虚。江山如梦。我们蜉蝣般的一生，不过只是一个巨大的梦境。那么，何不如学古人，揽清风入怀，伴着鞋履叩击山石的清脆之声，徜徉于山间小径，或探访或寻幽，或捡一块石头，或摘一枚红叶。暮色将至，再背一筐松枝回家去。

　　我登上观景台，隔江眺望远山。一朵云彩飘浮在水天交界处。一只摩托艇轰隆隆地划过水波，从江上的铁桥下穿过，渐渐消失在苍灰色的水天尽头。

　　江上那座铁桥的桥墩下筑着许多"鸟巢"，我仔细一看，原来是一盏盏做成鸟巢形状的路灯。沿途的树林里、草丛中也散落着一个个"鸟巢"，饶富诗意。几只羊悠闲地在草丛中踱步。

不远处有一片荒地，一个农夫在地里挖着什么，我猜也许他会挖到一枚落日。

再往前走，只见一片兀立着的白石，浮萍似的浮在水面上，如漂来的一叶叶小舟。

有人坐在"小舟"上垂钓，可是过了老半天，也没看见他钓到一条鱼。也许他钓的只是一种心情。而暮霭从江上缓缓地升起来，那个人仍旧一动不动地坐着，如一尊千年的石佛。

勇者无惧

从县城到神仙居景区大约二十千米，一路上导游在说行程安排，说到上山要坐缆车，问有没有人恐高，我慌忙举手，弱弱地答："有。"

"轻度还是重度？"

"轻度吧。"

我以前真的只是略微有点恐高而已，可是自从有一年去南京，坐了紫金山上的缆车之后，便被吓破了胆。

那个缆车只有两个座位，用一根铁杆围起来，连脚底下

的踏板也只是一根铁杆，我一坐上去就大呼上当，却已经身不由己，缆车呼呼地往前去了，一路只听见我的哀号声。真是仪态尽失，颜面扫地哇。

之后我的恐高症开始严重起来。不过此后我再也没有坐过缆车。

这一次，是独自留在山脚下，还是跟着大部队上山呢？纠结了一下，我还是决定跟大家一起上山啦，内心越是害怕的东西，就越要勇敢地去面对。我才不想做胆小鬼呢。

小陈笑嘻嘻地问我："恐高是啥感觉啊？"

"这个嘛，不恐高的人永远不会知道啦。就是冒冷汗，想吐，发抖，若是再严重一点，则会丧失意识，直接晕了过去。"

"哦，那和晕血差不多啊。"她笑嘻嘻地跑开了。

我拖拖拉拉地走在队伍的最后面，远远望见从云端垂下来的两条缆绳。哎呀，云深不知处。菩萨保佑，这一次千万不要让我在紫金山上的丑态重演。

缆车来了，万幸是个有玻璃门的小房子，我一脚踏上去，一边喊建中和我坐一起，一边安慰自己："这种缆车我不怕的。"玻璃门缓缓关上了，我手心里已经攥了一把汗。

我捏了一下白地姐姐的手，哇，她的手也冰凉冰凉的，看起来恐高的不止我一个。这样想着，我有点释然了。悄悄地朝脚底下望去。几条蜿蜒的溪涧如白色的缎带，在阳光下闪闪发光。溪涧两旁的苍苍松树，犹如镶在缎带上的绿色绲边。

风在耳边呼呼地吹。风比缆车跑得快。

想起紫金山上我眼睛都不敢睁开一下，如今却已经可以坐在缆车上看风景，我心中颇觉自豪。哈，这个世上没有比自己更强大的敌人了。我一定能战胜那个胆小、怯弱的自己，不是吗？

缆车很快到了站，我从车上跳下来，朝建中做了个胜利的手势。建中说："别高兴得太早。山顶上有个悬崖观景台，你敢不敢去走一走？"

"有啥不敢。"我高声应战。抬头一看，这才发现上了当。天哪，那个观景台，由几根支架支撑着，一大半悬在空中，底下铺着黑漆漆的竖纹铁条。几个游客正连滚带爬，向观景台走去。

我可以吗？我发现我的腿已经开始发软了。这时，小陈走了过来："别怕，拉着我的手，我们一起走过去。"

我拉住了救命稻草，一步一步朝前走。走到观景台边，我对小陈说，我要独自登上观景台。大约二十米的距离，我走得无比漫长，不过，我终于还是站在观景台上了。我抬头眺望远处，高耸的山峰尽收眼底。有几个突起如柱，四周陡峭，仿佛刀削过一般的柱峰，据说是由火山熔岩形成的，成了此地独特的柱峰景观。

观景台正对着一座巨大的柱峰，此柱峰远望似一尊观音，端坐于白云之上，因此名观音山。我走下观景台，沿着悬崖栈道，来到另一处开阔的平台，曰"梦幻台"。

我伫立在梦幻台上，痴痴地想，那云宫之中，山崖之下，或许就住着一对神仙眷侣呢。

白日里，他们御风而飞，饮朝露采野果，夜晚的时候，他们站在山顶上，仰望天上的星星。听说，景星岩上可以看到世界上最亮的星星。

在悬崖栈道的峭壁上，悬挂着几个圆形的铁环，导游小周告诉我们，那是高空扁带挑战赛留下来的。

2014年10月，中国神仙居全球首届高空扁带挑战赛开赛，两位来自欧洲的顶级扁带高手Alexander和Damian，与国内的扁带高手张亮一同挑战世界走扁带第一人Dean Potter的世界纪录。他们行走在长度分别为八十八米和五十三米的两条扁带上，各自挑战成功。

我搜了一下网上的图片，图片显示在两座山崖之间，各系了一根约五厘米宽的扁带，选手腾空走在扁带上，脚底下即万丈深渊。有个选手戴着耳塞，要杜绝一切外界干扰，才能勉强保持身体平衡。可是德国选手Alexander，却站在扁带上不停地朝观众飞吻，挥手致意。

勇者无惧。我想，一个内心自信、强大的人，才可以做到无所畏惧。如何才能驱除内心的胆小与恐惧，让自己变得强大起来，恐怕就是我接下来所要努力修炼的。

然而，若是世上有一个人，能在你胆怯、恐惧之时，飞奔到你身旁，陪着你一起面对与经历，那你又该是何等有福。

从悬崖栈道下来，我乘坐可容三十人的大缆车下山。我站在缆车上，却好像只是在一辆大巴车上，我的手心里已不再冒汗。也许有一天，克服了恐高症的我，也能拥有仁者之乐——像大山一样，巍然屹立，自由、崇高、安然、喜悦。

山中花事

周华诚

　　春山如海，千崖滴翠，层层叠叠的山，渐次醒来的花朵，都在等着来客。松枝煮茗，我想和你一起侣草木、友麋鹿，于山长水阔之间，共坐同饮一杯，何如？

　　我知道，在这山里，春天正在轰轰烈烈地到来。

"山上的花都快开了，你们什么时候再来？"

　　小叶发来微信，顺带附上杜鹃花的重重花影——有的大红，有的淡紫，夹杂在如海的春山中，如云似锦，如夕霞如浪花，还有纯白的花丛如纱幔，在山野里寂寞地摊开来。

　　小叶是神仙居的导游。我上次去时，尚是冬天，入得山中时，满山云雾缭绕，仿佛进了仙境，远山与近色，都幻化在了缥缈的云雾之中，消失了，退隐了，彼情彼境，绝非人间所有。待到了南天顶的"天空之境"时，忽然云开雾散，可见石壁万仞，悬崖之上，观音峰显现出来。那一瞬间，脚下数百米依然是云海，观音峰仿佛从云海之中生长出来一般，风起云涌，我的眼前与胸中，都是无尽的波澜。只一会儿，那如海的云雾又聚合起来，将眼前群山巨峰笼罩，如层层的纱幔重新遮蔽，仿佛眼前的山峰，从未在世间打开过。那般的奇云幻雾，令人震撼无比。

那次就相约——还要再去神仙居。晴时去看，雨时也去看，想来都是不同的景致。冬日雪景想去看，深秋红叶也想去看，四时亦有四时的绝妙。相约不久，疫情却反复起来，一阵儿是这里不方便出行，一阵儿是那边防范升级。我等为了不给防疫工作增添麻烦，就尽量减少流动。神仙居下雪的时候，漫山银装素裹，真是人间奇景，但也只能在小叶的微信朋友圈里看看，无法登临山中。到了春日渐暖之时，我本希望出行，无奈也有状况，依旧只能远程看山。

小叶常会在朋友圈里分享一些山中美景，譬如2月的深山含笑开放，3月的杜鹃如云盛开。从2月稍晚开始，深山含笑在绿色森林里绽放，特别显眼。小叶说，山里的花，大抵不是特别的耀眼，但若俯下身来，则会发现许多零星的野花，这儿一丛，那儿一簇，有些也是不知名的，只自己在山崖上绽放，常给人惊喜。3月的杜鹃，则是景区的工作人员不辞辛苦种上去的，淡紫色的那种，长在栈道周围；另有一些野生的则是长在遥远的悬崖上。到了5月，野百合会在山间如期开放。黄色的野百合长在悬崖间，或是流泉飞瀑的旁边。

有时在栈道上行走，不细心的话，你就发现不了。那样的野百合，在千仞之高的悬崖的裂缝里，在几乎看不见泥土的地方，忽然生长起来，忽然冒出一枝，举着骄傲的花朵。此时，如果你也看到，一定会感叹生命力的顽强。

最近因了疫情，神仙居的旅游团队少了许多，只有零星的散客上山。小叶仍然会经常上山，她的同事们也依然天天在山中行走、工作、攀爬，依然在朋友圈中快快乐乐地分享山中岁月的美好，似乎是说，此时此刻，你若困在自己的生活中，不能来此山中，我便把山中之美分享给你。

神仙居，是括苍山第二高峰大青岗的余脉。山上矗立着无数天然巨佛，流传千百年来数不清的神仙传说。我想起来，上次在神仙居逗留，还得知了一些神仙居的创业故事。20世纪90年代，仙居组建旅游局。神仙居有悬崖绝壁、飞瀑流泉、茂密丛林、飞禽走兽，其天地造化、自然景观不亚于黄山、三清山，宛若仙人居处，可惜藏于深闺人未识。许多工作人员不畏艰险，攀藤伏壁，把一条条沟、一道道坎都攀爬过，渐渐开辟出穿山小径，以及可以让人行走的道路来，勉强把旅游事业做起来。

这二三十年，神仙居的美，一点一点呈现出来，人与自然的和谐，人与天地的交融，渐渐被认识和传播，神仙居的知名度也不断提高。那次，众人推崇一位朱先生，说他最为爱山，这山中的沟沟壑壑，没有一处他不曾走过的；山中的一草一木，没有他不曾访过的。也正是有了像朱先生一样的人们，才有了这绝美的风景——朱先生却一再摆手说，山自在，水自在，山水之大美本就在那里，几百万年了，自己也不过是山中一草尔，岂敢掠山的大美。

春天的氛围，不知不觉就在神仙居浓郁了起来。我想着还要与朱先生见见，与小叶他们一起再去爬一爬神仙居的山。看云山雾海也好，看花花草草也好，都令我向往。山中还有一"薛萝深处"，源自倪瓒的一句诗，"苍藓浑封麋鹿径，白云新补薛萝衣"。这个意境真好，他是写给画家朋友张雨的，我也想去薛萝深处访一访。宋代画家郭熙说：

山有三远：自山下而仰山巅，谓之高远；自山前而窥山后，谓之深远；自近山而望远山，谓之平远……高远之势突兀，深远之意重叠，平远之意冲融而缥缥缈缈……

　　这样的三远，神仙居都有。春山如海，千崖滴翠，层层叠叠的山，渐次醒来的花朵，都在等着来客。松枝煮茗，我想和你一起侣草木、友麋鹿，于山长水阔之间，共坐同饮一杯，何如？

　　我知道，在这山里，春天正在轰轰烈烈地到来，小叶发来消息，说：悬崖间的野百合蓓蕾满枝，花期即将到来。阳光出来，疫情也必如这山中云雾一般散去，待那晴和之日，漫山的花朵都将开好，花们一齐在神仙居迎接你。

山中圣贤皆寂寞 一

周天勇

　　雪崖禅师敲击木鱼高宣佛号,诗仙李白挥毫狂草,片片飞花云集酒杯,醉客揭开酒坛上的荷叶,太阳子抱着大葫芦,仙人挥拳相向扭成一团,王老仙烈日下挥汗如雨,海水煮成一锅沸汤,麻姑东海扬起尘土,知县拾级登上绿筠庵,周廷尉紧紧抓着飞梯,乡民在竹林里往来穿梭。

明月几时有

咦，是萤火虫。

暮色下的草丛中，飞出一粒若有若无的亮光。不知是谁最先发现，于是大家都看见了。我们驻足。

"好漂亮的萤火虫啊。"

"好久没看到萤火虫了呢。"

"小时候村里有很多很多。"

小小的光点，把所有人的心绪翻搅起来。有人沉默，但我分明察觉到了，迷蒙的暮色里，弥漫着无声的叹惋。当年，青霉素玻璃瓶里透出的那点幽光，仍在岁月的长河里闪烁。

我们回到神仙居山脚下，本以为行程就此结束，没想到还有这意外的发现。一座仙山，给人的惊喜太多了。萤火虫一粒接一粒从凌乱的草叶里飞出，每一粒都是一个旧梦。它们才是这次旅程的句号。

不。

我举头就望见了明月。月光洒照，好难追踪这流萤之火。天上的明月与人间的萤火，真不知该爱谁。

且看这山月。

晚风里，什么都轻飘飘的。连绵起伏的山脉化为一片空虚的幻影。薄如纸皮的月亮，像是被山谷的风吹上去的，飘浮在莹莹的长空里。

不知何时，它就浮在那山冈上了。站在辽阔的乡野上，看不出月光的波动，只有静止的白和亮。这一晚，月色安谧如常，像树的叶子，溪涧的石头，稻浪里的虫鸣，土菜馆里飘出的肉香，万物本来如此。清冽的渠水里，倒是能看到碎碎的月光随水流走，一去不返。

山冈美，叫"睡美人"，惟妙惟肖。睡美人有着柔和的曲线，娴静的姿态，她的侧脸朝向山谷背面，一株老树是她灵动的睫毛。蓝天白云下的睡美人我领略过多次，但从没见

过夜月下的样子，她安卧的身姿这么美，这么静。幽幽的玉盘，就悬在她的上方。月光冷溶溶地照在睡美人身上，仿佛听得见睡美人的鼾声。村里传来的几声犬吠落进山溪那边的黑暗里，睡意显得更深、更沉。在这清寂的夜，她真的睡着了。

在人们的寄望里，那位饱经风霜的将军总在遥望睡美人。山谷深处，情侣林边，将军岩满脸沧桑。爱江山，也爱美人？爱江山，更爱美人？看他勇毅的目光，像是枕戈待旦。而在这情侣林里，更多人希望将军解甲归田，隐遁世外，种稻割麦，吹吹笛子，夫干活来妻送饭，和美人过神仙眷侣的日子。这一望，几千年已成过眼云烟。情侣林的杉树应景，一丛丛长成双木依恋的样子，两两抱拥。将军岩和睡美人是景区草创时期的"元老"，一个近在眼前，一个远在天边，遥遥相望的情意，早已被许多人收纳。也许，另一些人遗忘。因为，他们更向往那直逼九重的天上宫阙，向往那仙众如云的烟霞云海。

山谷里，就遗落了不变的他，不变的她。月光清冷，溪水漫流，问世间情为何物？或许得登上不远处的问仙桥，或许能拾到一个解忧的锦囊。

我徘徊在溪边松林，月影零乱。

溪水同样凌乱。溪里枝柯横斜，木叶轻舞，暗影浮动，有风，也有鱼儿。

我们抓鱼，更像完成仪式，遵从上古流传至今的一种部落崇拜、一种礼制。她怪异地操持着网兜，轻盈曼妙，身姿婉然，这哪是渔猎哦，更像古老的傩戏。鱼儿一蹦，蹿出水面，飞了。他一脚蹬在孤石上，用一个极夸张的跨步越过溪沟，似乎在表现一种原始的劳动场面。都是晚熟的人，胆子小，竟对付不了扬着双螯的小小草虾。

我们在拦沙坝上鱼贯而行，顺道拐进土路，离山冈近了一点，月亮隐入山尖背后，背阴的野地一片黑。我们又遇着萤火虫了。雪亮的灯光下，萤火消失了；把灯移开，它又出现。我想捉一只呢，总是失手。多少年前，这可是手到擒来的小意思。小东西绕着松树飞进了黑魆魆的树荫。

路的那一侧扎着齐整的竹篱，我记得里面是樱桃园。樱桃成熟时，这里有很多人，很多车。但是今晚，静悄悄的。果园深处大概有一间小木屋，我看到了整齐的樱桃树，挨挨挤挤，森森静默。园子无人看守，也不需要看守。果园主人怕是逍遥去了。换我也是这样，守在这谷口，也懒得折腾，做一个自在闲汉多好。

几步之外，围了一片空地，西罨寺会在这里重建。风雨飘摇的艰危时世里，雪崖禅师的脚步稳如磐石。南宋末年，禅师风尘仆仆，一路化缘，沿着我们徜徉的溪岸，进入天柱插空、奇峰环立的峡谷，卓锡此地，结茅弘法。禅师一生只做这件事，总在无路处寻路，总在遍地荆棘中穿行。山谷里建起了西罨寺，袅袅香烟在丛林中飘散，木鱼声声在空谷里回荡。山外兵荒马乱，谷里犹如桃源。躲在这样的地方，尽可把自己当仙人，吐故纳新练起来，天地日月之精华吸起来，白日飞升不是梦。禅师却没有留恋，他很忙，他又踏上了旅程，像山涧的溪水一样流走了。法雨是一场雨，他想让每个人在这场雨里沐浴，乱世更需要这场雨。殿堂再好，非他所居。"溪涧岂能留得住，终归大海作波涛。"

今夜明月，当年明月，是不是同一轮月？今夜的溪水里，落着的又是何时的月光呢？月圆月缺，人聚人散，几多花开，几多花落。多少烟云，多少人物，已散在风中。几经兴废，西罨寺湮灭在了它脚下的土地里，片瓦无存。早年景区曾以寺命名，但游客们却找不到这座古寺。

夜色里的庙址，如一座巨大的香炉，似有氤氲之气。木头会腐烂，砖瓦会碎散，人已仙去，庙已掩埋，但有的东西，它一直在。千百年间，它如同这溪水，时而汹涌澎湃，时而细流涓涓，时而断迹无踪。空洞的水声里，似乎听得见旧日的钟声。它一直在。

西罨寺，即将重生。

神仙居的深谷里，空无一人，庄严的巨像罗列矗立。散落的月光穿过云，照在梦幻谷里，照在裸露的绝壁上。那明亮的山间长夜，那浮生若梦的绿野仙踪，教人如何消受。

可惜的是，景区没有夜游项目。

我们都觉得，可惜了这夜，可惜了月光。

磨耗半宵，我们只捉到几尾不起眼的小鱼、小虾。我们提到水渠，放走了。换个道场，让它们去寻找新的朋友。

这一夜，就这样好了。空寂的田野，夏风穿透松林，整个山谷都已无言。

所能期待的只剩下一场睡梦了。

把酒问青天

就算只是个梦境，也足够啦。

李白贪杯，整个长安城谁人不知？尤其是在趾高气扬的高力士帮他脱靴之后。这个跨界奇人，痴迷用夜光杯喝酒，才华像兰陵美酒一样芳香四溢。他还学过道，练过剑，作为御前特邀嘉宾在大唐宫廷娱乐场所工作过一阵子。喝完酒，李白通常并不马上熄灯睡觉。

"我歌月徘徊，我舞影零乱。"

烈酒下肚，又唱又跳，为哪般？

无他。

"就为，写两句，惬，意，的，诗！"要是不懂，李白会这么告诉你。

拿笔来。青莲居士精神抖擞，唰唰唰唰，金蛇狂舞，骏马飞奔。

《客中行》就出来了。《月下独酌》就出来了。《将进酒》就出来了。《下终南山过斛斯山人宿置酒》就出来了。

大概，《梦游天姥吟留别》也是李白在鲁国海鲜大排档痛饮后一气呵成的吧。若非酒力，哪得如此上天入地、气吞万里如虎之气概？李太白当时大笔一收，电闪雷鸣，祥光满天，众神降落山头，端坐各自的岗亭。这座山，自此封神。这座山，也因而变得神秘莫测。

碰巧的是，一千多年后，有人在神仙居看出了破绽。此事必有蹊跷，真相只有一个。

既然有诗为证，那就按图索骥、抽丝剥茧来个福尔摩斯式的验证吧。

"脚着谢公屐，身登青云梯。"这里有。

"半壁见海日，空中闻天鸡。"这里有。

"千岩万转路不定，迷花倚石忽已暝。"这里有。

"熊咆龙吟殷岩泉，栗深林兮惊层巅。"这里有。

"云青青兮欲雨，水澹澹兮生烟。"这里有。

"青冥浩荡不见底，日月照耀金银台。"这里有。

"霓为衣兮风为马，云之君兮纷纷而来下。"这里有。

"虎鼓瑟兮鸾回车，仙之人兮列如麻。"这里有。

对上了，对上了，都对上了。我们大喜。

如果这都不算，那教吾乡情何以堪？

有乡土人士喝冷水啃馒头去田野考证，声称李白甚至在西乡某村某老奶奶家借宿过一夜，还热情洋溢地吃了顿煮红薯。但没有提到，嗜酒成性的诗仙是否喝上了番薯烧。

这个李白就狂放得有点过分了，不过，吾乡的淳朴那是如假包换的。

假如有一个旅人进村，不管他是赵白、钱白、孙白、李白，还是啥白，山村的老奶奶都会把他拉到家里，热情款待一顿，还会极力劝人留宿，天亮后将客人直送到村头大枫树下。

老奶奶并不在乎谁是厉害的诗仙，谁又是名动京城的酒仙，热情永恒如一。

说着说着，我们就忘了李白。半天上那个李白造就的梦幻城阙，仍飘在云海里。

但我觉得，就算只是个梦境，也足够啦。在李白的梦里神游，岂不快哉？

"惟有饮者留其名。"在神仙居，李白一语成谶。

行在悬空栈道，人是无根的飘萍。凌空的弯道外，深渊万丈。水泥钢筋坚实，我的心却摇摇欲坠。巨石卡在深谷边缘的样子不可思议，再落上一只鸟，大概就会轰隆隆地滚落下去。

"君不见黄河之水天上来。"

黄河很远，李白很近。

转过摘星台，越过南海桥，爬下青云梯，登上太白楼，我站在楼上远眺。朗朗青天下，有人形巨石潇洒耸立在万丈深壑之旁。千姿百态的仙人行列里，这一尊是谪仙人李太白。李太白青衣小帽，须发飘飞，昂首临风，手里无巧不巧

端着个酒杯，那是一个小山包。日间把酒问青天，夜里举杯邀明月，不喝不够意思。李白举杯，还说啥呢，就是酒酒酒，就是喝喝喝。这酒喝了多少年啊，这酒香了多少年啊。

喝什么酒呢？

不管哪路神仙，在仙居，怕是谁也拒绝不了杨梅酒。入乡随俗，任他是诗酒双绝的李白也不能例外。

杨梅泡在酒里，透亮的酒色泛着胭脂红。这是一种迷幻药，这是一种忘情水，这是一种销魂汁。酒未入喉，人已意乱情迷。甘霖入肠，听见仙乐飘飘，闻到芬芳漫天。贪杯的灵魂每喝一口都能够更醉几分。飘雨的黄昏，陌生的街灯，酒入柔肠不会化泪痕。杨梅酒里有乙醇、蛋白质、氨基酸、维生素和水，还有魔咒。喝上一口，一辈子忘不了。这种酒味，恐怕没人不爱。先不说喝了这杨梅酒能不能作诗，只消掏出镜子照一照，必是色如桃花，口如含丹，肌肤如玉，眉鬓欲飞。是将要成仙的样子。再喝一壶，身体便化作一缕青烟，即可飞离人间苦海。喝过杨梅酒的人，真的还想再活五百年。

你有五花马和千金裘，我有杨梅老酒一坛，换不换？真的，换不换？

　　杨梅酒酿造历史晚，也算苍生有幸。要在"一骑红尘妃子笑"的年头，必成杨贵妃一人独专的佳酿，岂容他人染指。

　　云海里的酒杯，装的又何止杨梅酒呢？

　　仙风吹拂，飘来一缕淡淡幽香，是春兰。嗯，春困里的<u>丝丝细雨</u>，不知从何处来，但它来了。

　　山樱桃华丽，是一树一树红粉珊瑚，深山峡谷摆出了天宫的气势。

　　杜鹃花红，四照花白，野桃花粉，萱草花黄。山上花事接踵而来。还有那紫藤串串，木荷朵朵，玉簪丛丛。绝壁上，一枝百合随风摇曳，悠然自得，令人羡慕。仲夏的神仙居，木荷花占领所有山头，无人不为之动容。

　　可以想见，那酒杯里会酿出什么样的酒来。整个峡谷本就是天地间的大酒器。

　　夜深人静，月上树梢，雾涌深谷，天地交泰，阴阳融合，火候刚刚好，花香便酿成了沉静的酒香。吸一口，长生不老。要是能喝上，就地即能成仙。飘走吧，不送。

　　一个春夜，我抿着自酿的紫藤花酒。照此算来，在下大概已经成仙，只是自己还不知道。

　　美酒当前，神仙也要失去定力。

有个太阳子，侥幸成了仙，就像有些人中了彩票，再也懒得干活，整日功业也不修，仙丹也不炼。三百岁的活神仙，天天狂饮，天天烂醉。导师玉子指责他，作为神仙没点上进心咋行啊，就算活到一千岁，最后还是脱不了生死。太阳子大言不惭地辩解道，不是他非要喝，实在是刚拿到神仙证，身上的人间俗气还没除尽，他这是用酒来祛除啊。

得了，继续喝，他再接再厉又喝了几百年。

待到百花酿成酒，为谁辛苦为谁忙？

这烟霞峡谷，仙人济济，他们都老老实实滴酒不沾？都甘心看着太白独个潇洒？

我不太信。

那抢酒场面是可以想到的。

月光照进山谷，各路神仙都苏醒过来，原来他们不只是印在门票上的冷冰冰的大石块。一个个流着口水，挺着肚皮，大步流星奔这酒香而去。酒神这么多，酒只有一杯。怎么办？只有拼拳头比法力，谁让每个神仙都很有本事。神仙们打了起来，只为一杯酒。

这杯酒进了谁的肚子呢？这事很难说清。

反正，东方泛白之时，观音峰霞光四射，仙界立马恢复了平静。神仙自有神仙的苦处，在凡人面前，他们不可示现。假如你是第一个进山的人，就会看到，山还是山，峡谷还是峡谷，孤悬的巨石刚刚好还是昨天的样子，那上面的青苔都没掉一点儿。紫红的朝晖穿过一线天，斜照在岩壁上。微风轻送，山花飘扬，涧水的珠沫四处飞溅。所到之处，散逸着隐隐的迷魂酒香。

这个时候，整座山谷就是一个空口袋，让你无法思考生命的意义在哪里。

抬头看那天底下，巨石化成的神仙老爷们，全都一脸无辜。他们好像在说，我什么都没干过，我不知道。

栈道上落着一块新鲜的碎石，谁能知道，这是昨晚那场群架造成的伤害。它是仙人的指甲。

不知天上宫阙

天上一日，人间百年。

照此算来，麻姑、王远、徐来勒、蔡经这些人离开此地才二十来日。后来携着鸡犬飞升的城西酿酒师王温资历更浅，上天不过十日出头。仙人的脚步声还在耳畔回响。

如今他们在哪里呢？

悬崖之下，绿浪无边。在神仙居，如果靠在栈道边小憩，随手敲两下赭红色的石壁，大概是抱着对这悬崖峭壁的赞叹和震惊。这种敲击根本就如蚍蜉撼树毫无意义。可是世事难料，如此无关紧要的两记敲击，给石壁里另一个天地带来的也许是惊心动魄的震荡。

万山之巅，绝壁深谷构筑成天顶的城郭。这奇峰环立的浩荡群山，想来不过是造物之神茶余饭后的一个念头。他想要有这样一座赤紫的天宫，于是就有了。他想要有霞光，于是就有了霞光。他想要有云雾，于是就有了云雾。

在这样一个地方，我自然会想起寻访仙人的足迹。在这个地方，藏身石壁之内恐怕才最稳妥。谁想寻觅神仙的踪影，任由人踏破铁鞋好了。

世人都道神仙好，神仙却不愿受打扰。

"会须一饮三百杯，与尔同销万古愁。"仙人喝酒想必是豪爽的，有仙术嘛。这架势看起来大方，其实他们也小气，怀里偷偷摸摸地揣着个手抄的方子，不让任何人知道。照那方子炼出仙丹，凡人吃了就能飞升，仙人吃了能飞往更高的地方。

我要飞得更高，翅膀扇起风暴心生呼啸。

　　仙人修炼应是各有家数的吧，方子也不一样，什么神丹方、朱英丸方、七厘散方、云母九子丸方、隐仙灵宝方、神丹飞玄方、巨胜赤松散方，讲不清。

　　人想成仙，摸不着这个门道，硬弄出一些死笨的法子。有人面壁十年，蚊叮虫咬风刮雪冻仍要纹丝不动。有人横下一条心割肉救人，希望积累功德。有个山洞突然冒黑烟，有人说跳下去就能成仙。但只是说说而已，没谁敢跳。

　　要是得到仙人的方子呢，那就省了好多周折。丹药炼成，谨遵仙嘱，和着凉白开送下肚，顿时脱胎换骨，鸟枪换炮，炮换导弹，飘飘悠悠像个直升机一样飞上天。到了这一日，不必再隐忍，按惯例应当白日里在大庭广众面前飞起来，夜里偷偷摸摸飞上去估计要受千夫所指。修仙成功，让左邻右舍开开眼界共同见证是仙人必须有的操守。隔壁与我有矛盾是吧？等着，有朝一日成了仙要他好看。

　　当然，修仙非一日之功。功成之后那个好，不愁吃不愁喝，大大大就变巨人，小小小就变蚂蚁，动动脚趾头飞出千里之外，指哪块石头就变狗头金。离苦得乐呵，仙人们才懒得再待在诸闹哄哄的大都市。据各种典籍记载，他们最后都钻进了某座山。

入昆仑山而去，入崆峒山而去，入地肺山而去，入劳盛山而去，入云台山而去。

几乎所有的神仙传说，最后都是这样，仙人进了山，从此不知所终，剧终。

仙人就怕人找他要方子，躲藏在铁幕般的石壁里，也还提着心。咚咚咚，这这这什么意思啊，敲得仙翁心慌慌。夜深人静，紧张的仙人才出来透透气。石壁訇然开出一个洞，仙人化作一股白气，就飞到了神笔峰上，或者天柱峰上，在那峰尖上徘徊沉吟。

爱修仙的帝王不少。秦始皇、汉武帝，这两个千古猛人为当上仙人，把心操得要多碎有多碎。有多少仙人入韦羌山而去呢？说不清。这种议论传到了朝廷。不得了，有说不清的仙人定居永安。宋真宗闻言，大吃一惊，急中生智，当即下诏将永安改称仙居。没错，就是那里，仙人居住的地方。本来永安在哪旮旯皇帝都不甚了了，这下好了，普天之下都知道了。

仙人们说不定还惦记着这件大事，老仙儿坐在云端，掐指一算，嗯，诏改仙居一事过了十天呢。

神仙居千岩万壑，久远的沧桑，涌动的翠绿，云霞和流光，远山和淡影。这里的岩石，以贤者的姿态示人。每一块都饱含意态，各有神妙，或连绵或独立，或簇拥或疏散，或奔跑或静坐，或高翔或深潜，恰在你我看到的时刻，凝成刹那图景，是众生谛听法音的一刹那。一座山峰就是一个人物，一道山梁就是一条巨龙，飞架的拱桥不过是一柄如意。这一刹那，宋真宗无缘见识。最有雄心的皇帝，招来全天下的能工巧匠，怕也塑造不出如此雄奇的场景来。

观音峰云蒸霞蔚。观音端坐南海，脚下碧浪千里，头顶云霞万丈。

唵嘛呢叭咪吽。

舌吐莲花，空谷传音。"霓为衣兮风为马，云之君兮纷纷而来下。虎鼓瑟兮鸾回车，仙之人兮列如麻。"

人在山上走，高耸的观音峰处处在眼前。悬空栈道绕着刀削的绝壁铺就，人在不同方位，看到的是不一样的观音。佛说观音有三十二化身，我在神仙居上至少看到了乘龙观音、水月观音、青颈观音、泷见观音、白衣观音、游戏观音、持经观音、圆光观音、合掌观音、普慈观音、蛤蜊观音、多罗尊观音、叶衣观音、能静观音、送子观音。尤以送子观音最为奇妙，古称"观音抱儿"。四万八千法，每一化身皆是不二法门，可破尘世间梦幻泡影。风云变幻之下，观音应有更多化身示现，有的大概要在天边才能得见。而有的，要在云端俯视。

寒来暑往，云飞云散，这云端的宫阙里，种种传奇和演义仍是大地初开的模样。谁还记得清人间换了几茬？韦羌之巅的贤者，依旧只在风霜里渡劫。修仙实在不易啊。

修仙有多难，需要问问汉元帝时的仙人王仲都。

仙人神通广大，不知道他怕不怕热，汉元帝很好奇。时值盛夏，烈日炎炎如火烧。正午，王仙人穿着皮袄，坐在长安城能把鸡蛋烫熟的大广场上，周围环绕着十几个熊熊燃烧的大火炉，就是寒冬腊月烤火那阵势。满头大汗的侍卫守着火炉不停添柴。

王仙人热不热？

不热不热，加柴火，使劲加，随便加。

到了寒冬腊月，王仙人表示洒家也不怕冷。别人裘皮长袍，他只披挂一件薄如蝉翼的单衣，摇着蒲扇，趿拉着冰冷的木头拖鞋，在滴水成冰的宫殿间穿行，含一根汉元帝赏赐的冰棍。

王仙人冷不冷？

不冷不冷，这鬼天气，热得人受不了。

王仙人大概觉得长安不怎么带劲，后不知所终，不知隐入了哪座山。

仙人出名烦恼多。所以仙人多是闷声苦修，隐藏在茫茫人海里不露一点声色。若你没有一双识珠的慧眼，绝对看不出来。人家也是养猪种地、耕田砍柴，喝醉了撒酒疯，惹急了打架，赌输钱赖皮不说还掀桌子。可是有一天，他就拔地而起飘飘悠悠飞走了。一样的尘埃，是我们看不懂生活，还是生活欺骗了我和你？

沾了仙气的地方适合修炼。仙人飞走后，那两间破茅屋成了抢手货。这种地方最受修仙爱好者青睐，独坐破屋苦思冥想，渴了喝点水，饿了掏出红薯啃一口，苦熬几年十几年，有人竟也熬成了仙。

干着苦力，我们告诉自己，这是锻炼身体。办一趟颠沛流离的苦差事，就当是旅游。给日子加点鸡精，人生会开出更多的芝麻花来。到神仙居游览，我大胆提一档，就是来修仙。满目所见，草是仙草，树是仙树，花是仙花，水是仙水。我饱吸精华，健步如飞，身轻如燕，期待着有一天可以踩着五色祥云飘浮起来。做一个仙人，耸身入云无翅而飞，驾龙乘云上造太阶，化为鸟兽浮游青云，潜行江海翱翔名山，何其乐哉。

再回首，那些传说仍凝固在石头里。因为对这悬崖峭壁的赞叹和震惊，我想举手敲一敲，又作罢。这难免令人惆怅。

山间小道，嘻嘻哈哈的游人迎面而来，我有一个心念转动。偶遇的他或她，也许并非凡夫俗子。念头方起，游人擦肩而过。他走向路的尽头，我也走向路的尽头。

在这轻纱薄雾里，我们已经寻访很久。

我凭栏倚望，天际那抹淡淡的蓝痕，留住了我的脚步。观音峰脚下，山风摇起的春浪波澜壮阔，一直向烟火里的村庄绵延。

今夕是何年

官坑河谷的新绿，一直涌进淡竹溪，涌向无边的平原。

绿意漫卷，鸟声回荡。季风把人吹回难以回溯的虚幻年代。

确切地说，那时还没有什么年代，一点微不足道的蜕变常常需要上亿年。时间压缩成密实的页岩，沉积在地层深处。那时候，山峰不是山峰，河谷不是河谷，天空没有飞鸟，大地只是海水切分出来的座座孤岛。雷电交织，岩浆狂喷，巨浪呼啸，黑暗在任意时刻降临。混沌的天地是人未见过的样子，介于无有无不有之间，无人光临。

村里的老叟指向一处峰顶，那里的岩石上，还有一个很粗的吊船环。

老人张开手比画，这么大。

山顶怎么可能有船？然而，大船曾在那白云飘荡的顶峰航行或驻泊。

船下便是海水。

往下数百米，直达海底，今天的淡竹溪谷是昔日的海床。海沟幽深，奇物游荡。三叶虫、奇虾、菊石和海绵逐浪其间，成团成团的蓝藻占领浅滩，火山灰覆盖群岛，要多苍凉有多苍凉。

难以想象，那样一个时空竟延续至今。人又何以从虚无的空白里蜕化出来，经历漫长的演变，直到今天登临神仙居，伫立绝顶观览众山，在霞光云影里寻访遗存？

山风掠过峡谷，撞击嶙峋的乱石，掀起澎湃涛声。

梦幻谷沉没在深海里，那真是幽蓝幻梦。巨鲸在这幽梦里穿梭，曾经是这样。不可撼动的王者，主宰着这深海领地。

可终究抵御不住时间的杀伐。

时间才是三昧真火，它把海水煮干，把石头烹裂。巨鲸搁浅在峰顶，在风中收缩，干硬，最后化作石头一堆。它成了丛林里的巨物。一鲸落，万物生。

在山坳边，可以大声喊一喊。

喂——

立即弹回一个声音："喂——"

你好吗——

"你好吗——"

我爱你——

"我爱你——"

这块石头对人并不是不理不睬，它热情着呢，诚实着呢。一千年来，一直如此。

海水满了，又枯了，麻姑看在眼里。

麻姑在括苍山结庐。仙人王远到蔡经家饮酒，喊来麻姑。

王老仙也不知多久没会见这道友了，想听听人世间的见闻。

麻姑说，她看这东海，已经三次见底。就像一碗酒，斟满，又干完，如此又二。浩瀚的大海，凝成一滴眼泪，那海床变作桑田，尘土飞扬，人在里面种桑栽瓜。

神仙居的石头，被海水泡了多少回？问麻姑吧。仙姑岩上，屋舍今犹在，白云空悠悠，可麻姑不知云游去了哪里。

悬崖上，那道深深的勒痕，环绕连绵整座峡谷。有人说，是海岸线。我凝神之际，乱石穿空，惊涛拍岸，卷起千堆雪。

若是沧海枯了，还需空等一千个轮回。

可那又怎样呢？海岛换仙山，也不错。明月照千山，手可摘星辰，淋漓真气直抵脏腑，简直要把沉重的躯壳一举溶解了。消亡吧，凡所有相，皆是虚妄。

"道人栖碧山，云居在空曲。十年海潮音，利物缘已熟。"

北宋末年，知县郭三益叩响了韦羌山绿筹庵的山门。其时，一个被他称作"式公"的人已在此结庐修炼十载。绿筹庵筑在一片绝壁危岩之下，石室户牖。春深雾重之日，楼台尽失，山上樵夫隐隐听到箫鼓悠扬之声，莫辨从何而来。人都说，神仙在此。

"何当脱双凫，藜杖追高躅。"郭知县心向往之，却终究脱离不了尘世的樊笼，长叹一声下山去。

无人记得式公的前世今生，也没人知晓他是否如愿成仙。

贤达们最记挂的是绿筠庵背后的千仞绝壁。

知县陈襄有诗：

> 去年曾览韦羌图，云有仙人古篆书。
>
> 千尺石岩无路到，不知科斗字何如。

石壁如一刀切下，绝险不可攀，上有一个方方正正的大框，框着密密麻麻的蝌蚪文，据说是古人刊刻的文字。

所刻何字，无人能识。

东晋义熙年间，来了个较真派郡长周廷尉。什么蝌蚪青蛙，他定要弄个明白。周廷尉在绝壁上造了一架飞梯，打上蜡，逐字辨认。结果是，白费蜡，"莫识其义"。放在今天，这也是个大工程。厉害的是，周廷尉不恐高。

坐在缆车里，胆小的人不敢低头，脚下的深谷，青冥浩荡不见底。高悬半空的石壁上，周廷尉一边摸索着粗糙的石蝌蚪，一边在心里狂翻字典。时而云雨晦暝，周廷尉消失在绝望的迷雾里。

虽然没把蝌蚪文整明白，可干过这一场大工程，也可以啦。茶余饭后，周廷尉足可炫耀一辈子。

周廷尉本想名垂青史，却只在史册里留下一个姓氏，一个背影。他叫什么，何方人氏，都不知道。他和他的飞梯一样，早已消失不见。

今日，谁也说不清绿筠庵在哪里，或者有没有一座绿筠庵。

绝壁之下，唯见绿浪滚滚。

那些箫声，那些鼓声，那些读书声，那风过林梢声，那雪落杉树声，那茶炉冒汽声，那吱吱呀呀的开门声，都已过去了。

夕照下的淡竹溪，仍绕着仙山西翼静静奔流。

站在南天顶，官坑河谷尽收眼底。谷底深处翠竹重重，一个废弃小村隐匿其中，村中有几间木屋，像鸟窝。屋顶坍塌，木料朽烂，房子的主人显然早已远离。这个小村已不是谁的故乡。

木屋像一团乌黑的垃圾，卡在竹林的罗网里。岁月掀起的海潮，暂时还冲不走它。这破败零落的巢穴，不知还要支撑多久，还能支撑多久呢？

一条羊肠小道在竹林间时隐时现。明媚的日子里，那石径上，曾经有一张张迎着山风的脸。

"你好吗？"我在心里怯怯地问。

"好！"深谷传来苍老的回声。

恍惚间，多少年就这样过去了。

我欲乘风归去

好吧。

我站在石桥上，仰望四面将要倾倒的山峰。绿意葱茏，鸟鸣嘤嘤，空气里浮动着草木清香。

好吧，我就沿着这石头铺成的山道往上走，一直往上走，来一次孤独的旅行。在这远离喧嚣的山谷里，独行是一种难得的享受。叮叮咚咚的泉声一路相伴，这是缆车线路上体会不到的。

踏上山路，领略到的是别样的山景。很多人已经不走这条路，甚至忘了还有这条路。走路上山费力，要耗费更多时间。

来神仙居，我不在乎时间。

耸立的群峰，连成一幕幕天外奇观。那竖立的岩壁，那遒劲的老树，那泛紫的光芒，常常让人停留下来，注目良久。岩体嵯峨嶙峋，那些特定的凹陷和突起，衍射出别样的活力。沉默的山峰，越看越像生命体，像某个人物，我抬头仰望它，只见一种坚毅的凝视落下来，如尘埃回到地面。时钟已停摆，愁肠可清空，呼吸似无物。行走在陡峭的小道上，山风一阵阵穿透身躯，人有点飘忽。

好风。

象鼻瀑上方，山腰有亭子。

微信亭。

看到这亭子，游人会心一笑，借机坐下，掏出手机，心照不宣刷起微信。人在山中，心仍留在那个逃离出来的尘寰。这就是微信亭的好，其实错错错。

谁知道，小亭的名字取自"烟涛微茫信难求"。命名的机巧，引人莞尔一笑。你以为土俗，它却偏偏有雅气，有仙气。因而，微信亭自然就添了气韵，下方的山谷显得更远旷，山色也更迷人了。裹挟着泉声的风，有醉人的清新味。

这样的山路我太熟悉了，太熟悉了。一块块路石，踩成了光滑的蛋。哪知道有多少鞋底在上面碾压过，有多少汗水滴落过。多少次，我们坐在滑得发亮的石头上吹着凉风。我们走过很多很多这样的路，很多很多人从这路上踩过。多少人一辈子都行走在山道上。我曾经也以为，只能一直在这样的路上走下去。

今天，行走在影影绰绰的山道上，只为一场即兴的旅行，与生计无关。生风的脚步里，我便有了一点怀恋的闲心。我是曾经恨过这山路的。

路贴着山，溪傍着路。水声潺潺，忽近忽远。溪如云中神龙，不见首，不露尾，在密林石罅间穿行，时隐时现。溪涧夹在山峰间，河床常常是连体的岩石。遇到悬崖，水化为烟，跌下深谷。水雾生风，那个寒凉，那个清新，那个灵动，也是山道上独得的享受。神仙居里有多少溪涧，多少石潭，多少瀑布，数不清啊。乘着缆车直达山顶，便只可远观这飞瀑。要靠近水岸，让清凉的水飞到身上来，那么，沿着九曲十八弯的山道拾级而上，是走对了路。

不要急，捡一根结实的枯枝，拄着石级，借着山风，慢慢看，慢慢走，突然就会看见冲到路边的溪涧，听见淙淙水声。

在风里坐坐吧。溪岸有一方平坦洁净的岩石，可以随意平躺，随意侧卧。人在这深山幽涧边，可以跟仙人太阳子一样只图享乐。如果带了酒，也学仙人呷一口，用爱恨交加的酒祛除体内顽劣的俗气嘛。也喝它几百年。凉凉的水风里，尘俗化为乌有。成仙不那么容易，在酒里找找感觉是可以的。在清澈见底的水边，在朴拙的溪石上，容易找到这么点意思。

风生水，水生风。清风吹拂着枝条，清风摇响了树叶，清风吹乱了头发。如果清风能够带走我的哀愁，就像带走这道溪流，那就请，全部带走。所有受过的伤，所有流过的泪，飞落悬崖，散为烟。面对一溪流水，想要说些什么，却终被吹散在风里。什么都不必说了。

掬一把凉凉的清水，洗涤，我是想洗去所有风尘的。可惜啊，山泉清如许，都这样白白流走了，流进水渠，流进田野，流进辨认不出颜色的池塘。一溪清凉，也只能掬得一把，人有时候是这么无力。

山谷空荡荡。谁也不知道，有个人在这溪岸树荫里独坐吧。我坐在这里，或者没在这里，实在也没什么分别。唯有溪水静静流淌，一条绞股蓝悬空垂落，一只蚰蜒扛着乳白的虫卵东奔西突。

群山静静的。

空如无物的山谷，没有天顶那些神迹，没有魅惑的传说，却也令人着迷。它本身有一种摄人的神力，走进这样的山谷里，人总是止不住地赞叹，恨自己来得太晚，见识太浅，又恨怎不生在仙居。人像陀螺一样随风而转，随着山转，随着水转，在不知谁开辟的迷宫里兜转。

在神仙居，山也变脸。杵在北海门户的那座巨峰，叫作一帆风顺。换个地方再看，又成了天鸡岩。再看，是神笔画天。再看，是江山如画。春雨绵绵的日子里，云雾缥缈，红花绿叶隐隐约约，这时它叫画屏烟云。这石峰摆成的八卦阵，曾让我一次又一次迷失。我也不知道神仙居有几副面孔，哪些是真的，哪些又是假的。

朝晖下的神仙居。晚霞下的神仙居。蓝天下的神仙居。阴云下的神仙居。四季各有神仙居。细雨飘拂神仙居。迷雾隐没神仙居。月色笼罩神仙居。风起云涌神仙居。白雪皑皑神仙居。

一阵风吹过，神仙居就会换个颜面。

听很多人说，来了许多次，还是不识此山真面目。

所以，还要来。

好吧，既然费了好多力气，爬到这顶峰，那就上南天顶看看吧。

来神仙居，我不在乎时间。当然，时间是宝贵的。我不想把时间浪费在克服玻璃跳台的恐惧上，反正我过去了，踩着一片什么也没有的玻璃，悬在官坑河谷上空。

风从河谷吹来，栏杆抓得再紧，也有随时飘走的忧虑。如果放手，恐怕就要这样乘风直上云天。那云霄之上，能遇见老乡王温吗？

西方的天际，抹着几层深蓝浅蓝的山影。

夕阳欲落未落，返照在玻璃台上，就像点燃了烟火，光影绚烂夺目。

一刹那，山顶连通了天际，一片浩瀚的大海就此浮现。无数幻梦瞬间奔涌而来。

雪崖禅师敲击木鱼高宣佛号，诗仙李白挥毫狂草，片片飞花云集酒杯，醉客揭开酒坛上的荷叶，太阳子抱着大葫芦，仙人挥拳相向扭成一团，王老仙烈日下挥汗如雨，海水煮成一锅沸汤，麻姑东海扬起尘土，知县拾级登上绿筠庵，周廷尉紧紧抓着飞梯，乡民在竹林里往来穿梭。

云团飞卷，光芒最后一闪，没了。

落幕。

远山隐没在雾霭和夜色中。天已经很晚，我站在石桥上，仰视漫天星斗。我虽一直挚爱这星空，却只认得北斗。我最先找到那颗玉衡星，马上就看见了一个梯形的斗身，又看见了弯翘的斗勺。

晚风习习，稻香阵阵，这复归平静的村庄，又似乎绝非凡尘。璀璨的星河，不过就在头顶。一伸手，好像能摘一颗。在神仙谱里，一颗星代表一个仙人。今天大概是好日子，不然，为什么它们一闪一闪，都闪出调皮的神态？

斗柄南指，天下夏。

大地随想记 一

松 三

　　我想象着，当蓝晶石手中握着他的罗盘沿着山脊线一路攀爬，面对一座山的记忆时，是一种什么样的体验呢？好似在茫茫宇宙中找寻到确切的指引。当站在山顶上，我脑海中关于一座山的演化史便如同影片一样开始一帧帧往前流动。那一定是一条大河，一条关于大地的涌动的河流，里头流淌着好多个一百万年。

一

我站在一块石头前。看它只是杵在那里，深灰色的岩身，竖直向下的纹理齐整排列。它有什么特别之处吗？似乎也没有。

一位叫作蓝晶石的地质学家嘱咐我来好好看看这块石头。

他说，位于神仙居南天门的这块石头，是白垩纪时期火山喷发后留下的古老遗迹。那么完整而高大的遗迹。

我们先来看一段关于白垩纪的描述吧。

白垩纪是地质年代中中生代的最后一个纪，始

于公元前一点四五亿年，结束于公元前六千五百万

年，历经八千万年。是显生宙的最长一个阶段。

也就是说，这块石头，它最老有一点四五亿岁，最年轻

也有六千五百万岁。

我伸出手，将掌心贴近石头，冰冷、湿润、粗粝。

站在它的脚下，我想象它在遥远的白垩纪是什么样子。

蓝晶石说，这里曾是一座火山的喉咙。也就是说，在遥

远到我们无法想象的年代，滚烫的火红的岩浆从这里喷涌而

出。浓稠的岩浆四溢，漫过大地。某一时刻，火山熄灭，世

界冷凝，新的大地被塑造。平息下的火山口，几经风化，剥

蚀断裂，来到我们的眼前时，便剩下这样一副孤零零的顽固

的面貌。

它真是苍老，我想。

雨中，有人撑着伞路过它的身侧，鬓发倏忽而白。对

比起一亿年，人的苍老不过弹指一瞬。在这样久远的苍老面

前，苍老已不是苍老，苍老即成为永恒。在永恒面前，人类

多么渺小。在人类面前，它巍峨不语。而我看着它，同样什

么话也说不出口。

现在，这块石头拥有着年轻而现代的名字，它叫擎天柱。名字好威风，却鲜少有人细细打量它，神仙居更好看、更巍峨的山石多了去了，更多的人，来到神仙居，便兴冲冲地往山中去，去看西罨慈帆、画屏烟云、佛海梵音……观音、如来、风帆，在神仙居，美已被概括，已被公认。

像擎天柱这样的石头，与美的最小公约数也还有一定的距离。人们陶醉在神仙居公认的美中，无暇过问这曾经炽烈燃烧的火山口的一点冰凉遗迹。

看吧，有人停下脚步来看我，再看看石头，他们一定疑惑，我在看什么呢？我为什么杵在一块石头面前不动？我为什么不上山？山上才有好风景啊！

我总不好说，我试图窥探它身上曾发生过的一切。

二

得从一点四五亿年前说起。

那时候，江南还远。

一点四五亿年前，在中国广袤的大地上，地球正进行一次大规模的造山活动。这个时期为侏罗纪至白垩纪的过渡时期，许多地区的地壳因受到强有力的挤压，褶皱隆起，成为绵亘的山脉。以北京燕山为典型代表，地质学家将出现在这个时期的强烈的地壳运动称为燕山运动。

以下为关于燕山运动的描述：

> 在长江上游形成了唐古拉山脉……在大兴安岭、太行山、雪峰山一线以西，为相对稳定的一些大型内陆盆地所在……它们在中生代期间几乎连续地接受河、湖相沉积，盆地外围已固结了的古生代地槽带，普遍发生基底褶皱……造成许多北北东或北东向平行斜列的褶皱断裂山地和大量小型断陷盆地，并伴以岩浆活动，特别是在东南沿海一带花岗岩侵入和火山岩的喷发尤为剧烈，显示了太平洋沿岸地带构造活动的加强。

我们大约可以窥得当时的一点景象，在一点四五亿年前，燕山运动奠定了中国大地构造的地貌轮廓。而在南方的浙江沿海一带，地壳活动频繁，大小火山正肆意喷涌，岩浆像红色的动脉输送源源不断的能量，它们不知疲倦，向空中喷出烟云朵朵，直至某一刻，世界平息，形成了"全球最大的火山流纹岩地貌集群"。

我踩上山崖的一角，试图眺望远处云雾弥漫的山谷。伙伴怡妮指着它说，这是一块典型的流纹岩。和门口的擎天柱不同，这是一块山石，它从山路向外延伸，供人行走至山崖的边缘看风景。

下了雨，流纹岩被淋湿，显得乌黑、凹凸不平。隆起的部分水润润、光溜溜的，显然，数不清的脚步从它身上踏过。如果不是怡妮的引导，我们甚至都不会看它一眼。如果不是怡妮的引导，我们也只好说它是一块石头。

怡妮在神仙居做向导，流纹岩地貌是她常对人提及的对于这座山的定义。她还知道，流纹岩构成了神仙居奇绝的地貌。我们笑，你的工作就是给来神仙居的人介绍石头。她转身指着一棵树身上的白色斑块说："不仅仅是，我还介绍空气，这是氧斑，代表着这里含氧量高。"

我们深吸了几口。

雨天的神仙居，被云雾笼罩。我们吸入肺部的，仿佛是雾，是云，吐出来的，仿佛也是雾，也是云。空气清凉，沁人心脾。云雾遮盖住浓稠的绿色，绿色的树，绿色的山，全都消失不见，只有云雾泛青，青色中透出古意。

这样水汽氤氲的天气，上神仙居的人就少了。上了山的人，脚步也慢了。看吧，不远处，山顶的一个亭子下，一个人侧身静静地坐着。云雾将他笼得只剩一个单薄的深灰色的剪影。山崖下的栈道上，一个穿着黄色荧光服的男人，正慢悠悠地向前走，那是神仙居的巡逻队队员。他们分别行走在一座山的山顶与山腰，而我们呢，站在山的另一侧，悄悄地看他们。

山上多么静谧啊，静谧得可以听见雨滴从叶尖滴落的声响。脚步声被岩石吞没，而指尖暴露在空气中，仿佛有窸窣的水流从体内顺着指尖滴落下来。这样的雨中山，人体内的声响胜过山本身的声响。

我们站在云中，等待一片"风帆"的出现。古老的火山石在云雾中若隐若现，令人遐思。云雾笼罩的"风帆"，让人仿佛置身通往仙山的海上——在以神仙命名的这座山中，我们不由自主地脱离现实。大地静止，只有云雾在极其缓慢地腾挪。

噢，不对，我想起了地质学家蓝晶石说过的话——大地从来不会静止。喜马拉雅山现在平均每年上升一厘米，直布罗陀海峡在逐渐缩小，直至某一天，它会完全消失。

"大地时时刻刻在运动。只是，不在人类历史的尺度之内。"

大地有它构造的自我意志。我们所能看到的，也许是某一阶段构造的一个结果。神仙居是地球经过火山喷发、地壳抬升、断裂切割、崩落垮塌、风化剥蚀的一个结果。这是一个漫长的过程，是一个沧海桑田的过程。

在这样漫长的过程中，人类还未形成呢。但是，像神仙居这样的"风帆"、如来、蝌蚪文，却早早出现。第一个发现并发觉它似乎和人类有某种联结的人，会产生一种怎样的心情呢？

我询问一位山脚下的山民："你什么时候见过神仙居的山？"

她在山下开一家小餐馆，世世代代为仙居人，她说："老早就有的呀。"

在很久很久以前。这样的风景，产生于人类有记忆之前。只有像蓝晶石这样的地质学家，才能分清大地、时间、记忆的先后。在自然面前，记忆是最苍老的，却也是最年轻的。

云把思绪带到时间的缝隙中去，风带来了一些声响。亭子中的那个身影，悄无声息地消失了。我们拢了拢衣领，现在，天地间只剩下我们。

　　"风帆"仍被裹在云雾中，看样子，今日是见不着它的真面目了。这样的时刻，便只能向地质学家学习，畅想它曾经的面目。

　　据说，白垩纪时期的气候相当温暖。密集的火山爆发，制造出大量的二氧化碳进入大气层，特别是在仙居所在的北纬30°一带，大部分地区至今仍维持着"荒漠热土"。我想象着那时候干燥而热烈的神仙居，有恐龙四处跑动。那时候的神仙居一定像大西北，光秃秃的，绿植稀少，天地之间，那些固化的凝结的火山岩伫立着。

　　绿植什么时候开始在江南生长？白垩纪晚期，印度板块冲向亚洲板块，喜马拉雅山地区受到挤压而猛烈抬升，喜马拉雅山从海洋中探出头，直上云霄。喜马拉雅山形成后，增强的亚洲季风使江南与东亚、南亚整片区域的气候从干旱变为湿润。从这时开始，江南渐渐变绿，在地理上，才有了真正的江南。

三

继续读一段关于白垩纪的描述：

> 这一时期，大陆被海洋分开，地球变得温暖而干旱。许多新的恐龙种类也开始出现……恐龙仍然统治着陆地，……翼龙在天空中滑翔，巨大的海生爬行动物如海王龙统治着浅海。而最早的蛇类、蛾类和蜜蜂以及许多新的小型哺乳动物也都在这一时期出现了。

这时候，地球变得热闹了，演变出适合各类生命生存的环境。

我问蓝晶石，神仙居的附近有什么？

他说，在神仙居所在的白塔镇，发现过恐龙的化石。

哦，又是恐龙。

他说，还有鱼类、贝类，那些嵌在山体中的久远的动物，证明了这里曾是一片湖。但是，现在是一座山了。

总之，大地藏着无限的秘密。

地质学家是在无数的秘密中找寻、验证大地的过往。

大地也是有记忆的啊。

有一个传说，地球物理学家阿尔弗雷德·魏格纳躺在病床上，看着墙上的一张世界地图，发现大西洋两岸的大陆几乎可以很好地拼合在一起，就萌发了两岸曾经连在一起的猜想，后来演化出著名的大陆漂移学说。

虽然这可能仅仅是个传说，但蓝晶石说，地质考察很多时候类似于验证。地质学家需要的是想象，想象关于大地的曾经的一切——为什么欧洲板块的某种动物在亚洲也有？为什么大地是这个样子？大地早用几亿年的时间准备好了所有的谜题。

几乎所有在大地上找记忆的时间里，蓝晶石都会随身携带一个罗盘、一把小榔头、一个放大镜，这是地质学界的三件"宝物"，分别用来找方向、敲石头、看石头。

蓝晶石供职于浙江省地球物理地球化学勘查院。他的地球研究工作主要分两块，一是认识地质，二是寻找矿产。矿带产生于地质演变的缝隙中。这是一个美丽的巧合。通常，我们会将缝隙视为人生不完美的部分，但看看矿带这样的缝隙吧，它是地球赠予人类的宝藏。

在仙居的一座江南山地中，其他人紧跟在蓝晶石的后头，好奇地看蓝晶石低着头，用鞋尖朝这边踢一踢，朝那边踢一踢。有时候踢出一块石头，他捡起来，放在手中端详。

蓝晶石有句口头禅：抬头走路不如低头走路。因为低头能捡到石头。

听说，在科学界，天文学家总是抬头走路，地质学家总是低头走路。

这片山地是蓝晶石近期的研究点，叫杨丰山。杨丰山距离仙居县城三十千米左右，地处朱溪西北面，海拔四百米左右。梯田是杨丰山最负盛名的景观，它层层叠叠，高低错落。每年春季油菜花开时，秋季稻田金黄时，许多游客、摄影师驾车盘旋而上。

多数人是来看风景的。蓝晶石则看梯田下的岩层。

他摊开一张地图，是杨丰山的斜切面图，像……一块口味混杂的蛋糕？

从下往上，先看左边的切面，第一层叫茶湾组粉砂质泥岩，距今约一点四亿年，里头画了一尾鱼——我们可能会在这里遇见一条一点四亿年前的鱼的化石。第二层是九里坪组熔结凝灰岩，距今约一点三亿年。第三层为馆头组粉砂岩，距今约一点二亿年，里头又画了一尾鱼。第四层叫作朝川组角砾凝灰岩，距今约一点一五亿年……延伸向杨丰山最上一层，为玄武岩，距今约五百万年。

蓝晶石说，这是浙江地域内火山爆发至今最近的一个点——五百万年。

在地质演变的时间轴中，五百万年大约相当于我们人类社会的五年。

我找寻到一些关于地质时间的定义：

地质年代是指地壳上不同时期的岩石和地层在形成过程中的时间（年龄）和顺序。其中时间表述单位包括宙、代、纪、世、期、时，地层表述单位包括宇、界、系、统、阶、带……宙分为太古宙、元古宙和显生宙，其中第一个宙约开始于三十八亿年前，结束于二十五亿年前，大约历经十三亿年……

读到这里，我的心里一片空茫。听到这样绵长亘古的时间单位，世界似乎变得混沌。

我继续往下读：

在这个时期，地球表面很不稳定，地壳变化很
剧烈，形成最早的陆地基础，岩石主要是片麻岩，
成分很复杂，沉积岩中没有生物化石。太古宙晚期
有菌类和低等藻类存在，但因经过多次地壳变动和
岩浆活动，可靠的化石记录不多。

这是一个几乎没有生命记录的时代。

蓝晶石说，地质学家们将研究地球历史的基本时间单位
确定为一百万年。

我想起另一种时间表，来自佛家的时间断代。

以一天的时间为例，可分为刹那、坦刹那、腊缚、牟
呼栗多、大时、昼夜等。换算一下，一刹那为七十五分之一
秒，等于十三点三三毫秒。一坦刹那为一点六秒。一腊缚为
九十六秒。一牟呼栗多为四十八分。一大时为四小时。

关于刹那的长度，佛经中有多种解释，一弹指顷有六十
刹那，一念中有九十刹那，一刹那又有九百生灭的说法。
根据"一弹指六十刹那"，可以算得一弹指大约为零点八

秒，可见这个比喻相当准确。

那么，一百万年有多少个刹那？

当然，我们日常所说的刹那，常指那算数譬喻所不能表达的短暂时间。在文学作品中，我们总爱用刹那的灵光一现，来表达那些不可逆转的改变，刹那的顿悟、分离……我看了一眼那岩层中的鱼的图案，它曾经拥有多少个刹那？但是，某一个刹那，它迎来的，还有覆灭。我想起了庞贝古城，那些被火山灰瞬时掩埋的人类文明，就如同岩层里的这尾鱼一样。

我不知道，佛教是否体察到人类生命的有限性，才将时间分切到微乎其微。在绵长亘古的宇宙时间中，比起亿年、千年，显得微不足道的人类文明，被放大成无数个"刹那"，成为我们人生中无数个有可能失去的瞬间，也成为随时有可能产生意义的转机。

或许，无论失去、意义、转机，都只是一种事实、历史。就如同蓝晶石手中拿着的一块石头。它是黑色的，含铜量百分之八，在阳光下，它会闪着微微的光。它中间高、两边低，似乎是一座微型的黑色的山。但一定不是江南的山，像是某个小型的远古的没有氧气的也还没有植被覆盖的星球上的山……这都是我的想象。

但，喜爱的人，便从他手上接过中意的一块，抱在怀中。他们雀跃着，享受着拥有一块属于自己的石头的那种欣喜与感动。

在这样的时刻，我便会禁不住想，实际上，石头原本是多么司空见惯的东西，现在，因为了解了它，每一块都变得独一无二。

当你了解了某一项事物，你似乎就拥有了它。

拥有一样事物时，我们拥有的好似不是事物本身，而是关于它的时间、它的记忆。这也是一种意义吧。

我想象着，当蓝晶石手中握着他的罗盘沿着山脊线一路攀爬，面对一座山的记忆时，是一种什么样的体验呢？好似在茫茫宇宙中找寻到确切的指引。当站在山顶上，我脑海中关于一座山的演化史便如同影片一样开始一帧帧往前流动。那一定是一条大河，一条关于大地的涌动的河流，里头流淌着好多个一百万年。

从杨丰山回来的蓝晶石，也送了我四块石头，两块小萤石，一块黑色铜矿石，还有一块圆形的石泡流纹岩——采集于仙居，是火山喷发时还未来得及碎裂的泡泡凝结成的，里面中空的——神奇吧，敲开时，里头常含有结晶，但常被误认为恐龙蛋。

我将它们搁在我的书架上，有时候，我会静静地看它们一会儿。我偶然想起某位作家的一句名言：自然的美是无限的，人感受到的美却是有限的。

我想，现在我能确切理解到的含义是，我们对于自然，总是知之甚少。

四

怡妮说，带你去看一条大鲵。

大鲵属隐鳃鲵科，是由三亿六千万年前古生代泥盆纪时期的水生鱼类演变而成的古老的两栖类动物。它体大而扁平，头大而扁平且宽阔，比它年轻得多的人类，却惯常喊它娃娃鱼。

追溯起来，大鲵是比山更古老的事物。算一算，大鲵的祖先比生活在二点三亿年前中生代的恐龙还要早上一亿多年。目前世上最早的中国大鲵化石出土于内蒙古，距今有一点六五亿年，和白垩纪的起始相当。

　　跟随怡妮的脚步，我们至一处水潭，百米瀑布往下坠落如练，声响如雷。清澈的潭水从脚边漫向崖底，水下方，不足拳头大的卵石铺满潭底。水潭边，有陌生的中年女人倚在一块巨石旁，她微仰着头，似乎是在感受被风吹拂过的细碎的雨点，那是风吹来的瀑布。

　　我们踏上水潭边的石碇，一位同伴沿着边缘一直走向水潭深处，他也仰起脸，水瀑飞下的水花飘洒在脸上。他又低下头来，趴在潭边。他说，他在寻找一条大鱼。就是那条大鲵。我们在水潭边发现了它的照片，肥嘟嘟，湿漉漉，古老而神秘。

　　大鲵多少岁了，怡妮不知道。多少人见过大鲵，怡妮也不知道。在这样一个半山腰的一汪清澈水潭中，独自住着一条携带着几亿年基因的生物，它安安静静，只是偶然出现。

　　我们笑，它真是会找地方。

　　在这样一个地方，脚下铺开清凉的泉水，顶上飘动着散落的水花，瀑布声不大不小，水花浇灌着崖壁上的花草，几丛绿色嵌在山崖上。

　　"也是神仙喜欢的地方。"

　　是啊，抛去了有关地质、历史的一切，这里也仍然令人心驰神往，啊不，是有一条古老的娃娃鱼令人流连忘返。

还有她。

我是在西罨寺前遇到的她。她大约五十岁的年纪，身材匀称，长发简单挽了髻，手上拿了把笤帚。

我问她："西罨寺往哪里走？"

她引路，带我左转进入一条小径，小径两旁绿意葱茏。这是个清凉的夏日早晨。小径尽头，是向上的阶梯，阶梯顶端，是座禅房。

禅房依山，如大树嵌在崖壁。西罨寺历史悠久，是宋代雪崖禅师的留居之地。我问她："你知道雪崖禅师吗？"

她摇头："不知道啊，但这寺古时就有。"又强调，很久很久以前，世世代代都是这么说的。

她在西罨寺前扫地。早年，她的工作在外地。仙居人四处跑，很能吃苦的，大多在外做着自己的一份小生意，她也一样。现在她年纪大了，生意交给子女打理，自己回到仙居来，到神仙居找了这样一份工作。

"这工作好吗？"

她说，好极了。一半时间扫地，一半时间吹风。有时候坐在阶梯上，有时候找一片树荫温柔的林子，打开早晨从家带的便当，坐在这风中用午餐。

说话时，她站在台阶上，双目清亮，笑意盈盈。笤帚握在她手中，像一把登山杖，她像是个山中旅行之人。她说，那边，有一株松，很高；那边，雨季时，水涨上来，水声大起来，比现在热闹。我和她说起昨晚的落日，她笑，说，今年正月初一，她也带家人上南天顶平台看了落日，红艳艳的，非常好看。

话到这里，我们已踱步来到禅房前。禅房不大，只有一个小小院落，院落中搁了几盆花草。她和我作别。我倚靠在禅房的木门上，看房中有位僧人坐着抄录经书。山中偶有鸟鸣四起，鸟儿躲在高高的树梢上。耳边传来的，竟是僧人的翻书声。山中是这样的静，我不好打扰，便悄声走开。

西罨寺，大约是神仙居中人类文明最悠久的遗迹。我站在禅房后的崖洞中，看镌刻在崖壁上的佛像。佛像庄严，有人低下身来，伏坐在蒲团上跪拜祈愿。

其实，我是来寻找另一种遗迹的——西罨寺复活型破火山景观——另一种以西罨寺命名的更久远的地质遗迹。当然，我只能四处看看，失去了地质学家的导览，我走在一片古老的大地上，只好展开单调的想象——这里的一山一石都记录了亿万年前的一座复活型破火山的演化历史。

不是所有人都像我一样，在试图考究一座山的过去。更多的人，住在神仙居的山脚，或被神仙居环抱，他们从不过问神仙居的来处。

村主任是个高高瘦瘦的女孩子，她所在的村落在一个山谷，山叫作仙鹤山。

仙鹤山里有几幢白色房子，站在每一幢房子的窗前，都能看到对面山崖的一尊卧佛——那里是神仙居。几年前，一个偶然的机会，她和先生来到这片开满桃花的山谷，看到对面那古老的山崖，她决心将家安在此处。

此时我来，屋子已成。山谷里，保留着桃花，种上了深山含笑。她领我们去看白色的含笑。我问她：

"这山为什么叫仙鹤山？"

"居于山中，日子过得似神仙，不是仙鹤是什么？"

我站在屋子前，转个身，看见屋子后的白色崖石嶙峋，像极了北宋范宽笔下的《溪山行旅图》，重峦叠嶂，雄奇苍莽，怪石盘踞，杂树丛生。

她说，住在这里，忘记了时间。"今天星期几呀？"

我喜欢这样的忘却，漫无目的地行走在时间线上。一切目的皆消失。似乎是康德说的，当你毫无目的地走在一条林

荫小道上，那便是美。美便是这样的，不问目的，甚至令人忘却目的。

红霞铺满天边，晚风追着我们吹过山顶时，风势变大，我听见风的呼啸。它捎来一种清香，来自一种叫作木荷的植物。木荷花是一种高大的木本植物，开着白色花朵，我们将脸颊埋入，深吸着香气。

这时候，云雾消散，凝结在天边成为千里阵云。夏日的神仙居，气候变幻莫测。一阵雨，一场雾，云开后，迎来一天之中最后几小时的晴好。有彩虹在远处山巅上升起。

晚霞中，如来千万年的身影渐渐铺上深紫色。几千万年，它比我们人类创造的一些神话故事还要悠久。金色滚圆的落日在深紫色中缓缓往下滑动，日落短暂，却因每一日的东升西落，成为另一种永恒。

花朵似乎更像我们人类的生命。为什么我们喜爱花朵？是因为它接近我们的短暂吧。人从花的绽放中习得生命的珍贵，也观照到自己的局限。

夜晚，我回到山下，搜寻关于木荷的资料：木荷，学名 Schima superba Gardn et Champ.，是山茶科植物，属大乔木，高可达二十五米，嫩枝通常无毛。喜光，幼年稍耐庇荫。

　　我另外搜寻到一段关于山茶科植物生命的历史：茶树所属的山茶科山茶属植物，起源于上白垩纪至新生代第三纪。植物学家分析，茶树至今已有六千万年至七千万年历史。

　　回望植物的历史，正是在白垩纪早期，被子植物开始出现，中期大量增加，至晚期，陆生植物居统治地位，这时候，除了茶树，枫、栎、杨、樟、胡桃、榕树、木兰、山毛榉、悬铃木等都已出现。也就是到了这一时期，才出现了花朵。

　　我感叹，原来木荷也是这样古老的事物。

　　一位诗人这样赞颂他所钟爱的古老的城市：

　　　　它不是让你到一个新的空间当中去，而是让你回到时间当中去。而且你的时间是向后的……大地是落后的，落日是落后的，故乡是落后的，落后意味着对时间的迷恋。

　　大约只有人类文明才会定义出"落后"吧。

　　我站在一株木荷下，看远处山巅上出现一弯彩虹，彩虹转瞬即逝，我们睁大了双眼，试图将它刻录进我们的记忆，成为另一种永恒。

漂流永安溪

吴卓平

听了艄公一席话，我感受颇深，这或许就是生活的印痕。我记得有位哲人说过：热爱山水的人，必定也热爱生活。

山水之中藏着无数的哲学和乐趣，只有那些热爱生活的人才能体会，也许孔夫子提到的"仁者""智者"，说的正是那些热爱生活的人。

江南的6月，生机勃发，草木欣然。而连续几日的丰沛雨水，将神仙居浸润得格外清新，也为仙居这座小城披上了更为苍翠的绿装。

　　这倒也让我意识到，神仙居之"仙"，不只在山，也在于水。而如果说巍巍括苍山脉是仙居的魂，那么终年不竭的永安溪便是小城的灵。

　　山因水而灵，水因山而活，自古如此。

　　一进入仙居，绿道旁便是碧波盈盈的永安溪。这条横贯小城的仙居母亲河，被人们喻为"幽谷溪流"。彼时，水运繁华，仙居借着永安溪之便，一直是台州与江西、安徽等内陆地区连接的重要枢纽，物产互通的同时，也带来了文化的碰撞和交融。

在陆路交通愈来愈便捷、高效的当下，永安溪早已不再承担航运与贸易的重任。往来船只如梭的繁盛场景，也成了过往云烟，但这并不影响人们继续奔向永安溪，露营、野餐、散步、休憩、垂钓、采风、放空……夏秋时节，在溪水中与鱼虾同游共嬉，逢冬春水寒气凉，也要坐在竹排上漂流一番，与溪水亲近亲近。

这不，走在休闲景观绿道上，望着汩汩流淌的永安溪，我便不时地幻想，若人能像一片叶子那样，静静地在溪水中漂流一次，绝对是种别有诗情画意的体验。

于是，我便与好友相约，一起感受一番"小小竹排溪中游，巍巍青山两岸走"的奇妙。

约定的漂流之日，恰巧是一个阴天。太阳隐匿在云层中和人玩起了捉迷藏，天空时不时地还洒下几点雨丝，我不禁和朋友打趣，连防暑防晒工作也统统省去，可以更专注于山水风景了。

抵达漂流起点码头时，淡淡薄薄的晨雾，正渐渐从山林间退去，有些羞涩，却还淡定，山上满是郁郁葱葱的马尾松。而远处隐隐所见，正是括苍山脉，延绵起伏，沉重而苍茫。

明澈的溪水，潺潺流淌，几艘小船靠在溪岸边，戴着斗笠的艄公正忙着打理岸上的竹排。不远处，茂密树林遮盖的溪岸边，有人静坐垂钓。薄雾、山野、绿水、渔人、小舟，构成一幅极有意趣的画面，而我仿佛走入了这幅山水画之中，顺溪而下的念想也愈发浓烈起来。

作为一项时兴的户外运动，我曾在老挝万荣抱着汽车内胎体验过"鲁滨孙式"探险漂流，也曾在贵州镇远尝试过划着橡皮艇在激流中搏击的惊险漂流。而听当地朋友介绍，永安溪漂流的特色是水静静地流，人缓缓地漂。让身心与山水充分相融，倒正是我这样的爱静之人所向往的。

我踏上竹排，刚在竹椅上坐稳，艄公一声吆喝"出发咯"，竹篙用力一撑，小小竹排便如同溜冰一样在水面上轻快地滑行起来，也渐渐把我们引入一片山水梦幻之境：天空湛蓝，白云悠悠，青山翠影，鱼翔浅底……任思绪随着云朵在空中舒卷，似乎若有所思，又似乎什么都没有想，把自己彻底放松在这一片碧波之上，真乃人生一大快事。

子曰："知者乐水，仁者乐山。"这么高深的话，我自然无法参透，可是我们这些"凡者"，同样乐山、乐水，喜欢山的崇高，喜欢水的淡雅，喜欢它们的毫无矫揉造作之感，恰如永安溪边的山水风景这般。

竹排在水上走，人在画中游，"小溪清水平如镜，一叶飞来细浪生"，只有艄公的竹篙有力且有节奏地击入溪底砂石的声响，一次次打破这种平静。

而随波漂流，最有意思的是，溪水两边的大树都朝着溪流的方向生长，树身几乎贴着溪岸，或许这树在以独特的方式欢迎游人，又或许它们太想亲近溪水了。

突然，竹排一上一下轻微晃动，略有颠簸，我才发觉已进入一段急流水域，同行的友人不禁雀跃起来，把手伸入水中任凭急流冲刷。也许之前的漂流过于平静了，此时，涌动的水又是另一番情趣了，"乱流争迅湍，喷薄如雷风"。艄公熟练地用竹篙把着方向，让水流推着竹排继续前进。

这永安溪的水真是变化多端，水深水浅，水急水缓，水清水浊，构成了一幅幅不同色彩的漂流画，如同映出了四季的景象——

溪边的青草和小花，那是"春"；水边的绿柳和游鱼，那是"夏"；时隐时现的阳光透过或密或疏的树叶，落在树身枝杈上的光斑，那是"秋"；几棵枯树孤立在白色的砾石滩中，自然便是"冬"。

突然，不远处的水面，一只白鹭张开翅膀，飞向远方，

不一会儿便隐没于青山之中，这幅关于"四季"的风景画，瞬间便活了。

偶尔遇到在两岸行走的山民，艄公吆喝着和他们打招呼，山里人之间的问候，是那样亲切自然，如同溪水般清澈见底。我问艄公，一路漂流下来，怎么不见山村的房子，溪边有没有人家。

艄公便站到了竹排的排头之上，对着面前的青山，一一指给我看：远方那片山，有人家；那边半山腰，有人家；那边山尖尖，露出一点屋顶那个，对对对，也有人家……

我坐在竹排尾部，眯起眼睛，远远眺望，云层遮住了春末夏初的阳光，雾气缠绕于山间。几个灰色、红色的屋顶，在绿色山体与稀薄的山岚中影影绰绰，恍惚间，颇有几分避世而居的幽静味道。

真是"白云生处有人家"啊！

我不禁心想，生长在永安溪边的人，与山野为伴，与流水为友，也是自然的一种造化。

漂流中，我还遇到几个在溪水中捕鱼的山里人，他们在齐腰深的水中拉放渔网、鱼钩，从晒得黝黑的皮肤，足以看出他们都是捕鱼的好手，或许我们在餐桌上吃的鲜美溪鱼，便是他们的渔获，可叹"溪上漂流人，但知溪鱼美"，如今看到这一幕的"凡者"，或许更能体会鱼味深处的美。

临近漂流的终点，溪面逐渐显得开阔。有来自城里的人，在溪边尽情地游玩。告别艄公时，我们关切地给他提了个建议："撑竹排很辛苦，为什么不去大山外干些其他行当？"

艄公"哈哈"一阵大笑，告诉我们，他家就住在永安溪旁，从小就撑竹排在溪上漂流捕鱼，自小就喜欢这里的山山水水。而如今，山里人的漂流生活，城里人也喜欢来体验一番。每次带远方来的客人在永安溪上漂流，给他们介绍溪边的风景和山里的故事，他们听得很高兴，他的心情也格外舒畅，更舍不得离开这里。

听了艄公一席话，我感受颇深，这或许就是生活的印痕。我记得有位哲人说过：热爱山水的人，必定也热爱生活。

山水之中藏着无数的哲学和乐趣，只有那些热爱生活的人才能体会，也许孔夫子提到的"仁者""智者"，说的正是那些热爱生活的人。

是艄公，是山里人，或许也是那些向往山水的"凡者"吧，我猜。

在桥上 — 松
三

我有个遗憾，即未曾在神仙居的桥上看过月亮。但我在神仙居的另一座桥——南天顶的观景平台上看过落日。如果有那样的神仙居夜中旅程，看完落日等月亮升上来又落下去，那将会是一生都难忘的事。

如意桥的故事，我们所知的还不多。它似乎和人们的寂寞无关，和人们的历史无关，建好了的如意桥，更多是和美有关。

一

一股子山风从绿色的峡谷中涌上来，将我们的裙子吹得如同啤酒桶一样。我们在桥上惊叫，这孩子气的举动，在壮阔的神仙居显得真不合时宜啊。看那绵绵绿色中惊飞出的鸟儿就知道了。

我们在一座桥上吹风。一座被称作如意的桥。很久之后，我遇到造这座桥的人，他说如意桥不是先有名字而后有桥，而是有了桥，大家才发现，它乳白色中泛起青色的桥身像一柄玉如意一样，轻巧地搁在山谷的两端。因而，它就有了名字——如意桥。

世上其他桥的名字，不知道是不是也这样来的。

　　该如何去形容眼前这座桥？它看起来很轻灵，轻灵得似乎随时会飞走一般。它飘带般的构造，如同风凝结的形状。

　　听说，如意桥的设计师也曾参与设计2008年北京奥运会主场馆"鸟巢"。我想这位设计师大约有点爱飞翔，他一定不喜欢太沉重的事物，他似乎喜欢天空、轻盈。

　　走在这样的"飘带"上，看起来有点危险，两旁阶梯窄窄的，脚下是镂空的，正中心的台面又是玻璃的。我想这是为了让桥身最大限度透露出四面的景色，让人以最亲近的姿态融入自然。

　　看吧，有人靠在桥的栏杆上，张开了手臂，像在做一种静止的飞翔。

　　我们到了高处，却没有翅膀，也只能如此。但，我们突然有了鸟类的视角——站在玻璃上，我先看见自己的脚，脚下是深谷，深谷中的树成为一簇簇绒花。鸟儿是这样看树的吧。树是一小扎一小扎的，像搁在大地上的草。鸟类飞过高处的时候，想到、看到的是什么？是喜悦大地广阔、晴空万里，还是知晓了哪一棵树上有虫吃……似乎提出的也只能是这些毫无想象力的问题，我为自己的想法发笑。

　　穿着古装的年轻姑娘在前方款款走过，她月白色的发带在鬓边翻飞，粉色裙裾飘起来。她好像在实现一个关于古代的梦。我想，如果是云雾腾涌的雨天，古代的梦会更深一些。梦中，也是在云中。我知道，许多有古装梦和武侠梦的人都来到这里，走一回如意桥，做一回云上之人。

我想起李安的《卧虎藏龙》，最美的一场戏，是主角飞旋于竹林的枝梢，柔软的竹枝被踩得摇曳飘荡，泛起竹海青色的波浪。

我们踏在如意桥上，生怕自己的足音会惊扰到这座纤巧的桥。

晚夏了，我们说。午间的阳光仍然炽烈。烈日把一切都晒得闪光发亮。如意桥离阳光更近些，到了夜晚，它离月也更近一些。

我想起了曾经写过的一篇关于超高层建筑的文章，我在文章里说，人类自古以来，从未放弃对天空的追逐与梦想，因而，有了飞机，有了向上逐步延伸的超高建筑。后来，我看到了艺术家蔡国强的作品《天梯》，那不断向上延伸的火药亮光之梯……人们到了更高处，是对高处人迹罕至的突破，是为了欣赏那从未收入眼底的美景，也是对于心灵深处的某种抵达吧。

　　许多人站在这桥上，打起了伞。有老人牵着小孩，也有大人牵着老人。有人也像我们一样，倚靠在桥边吹风。从山谷来的风，自下而上，不是迎面而来的。桥上人流熙攘，摩肩接踵。

　　来神仙居的人，总是会来桥上走一走，不知道为什么，有了桥，人就终要走到桥上去。桥对人的心灵有一种呼唤。像这样架设在神仙居中的桥，要是不上来走一走，终是一桩遗憾。

　　有了桥，仙居人逢年过节都习惯上山，亲人远来，带上山，走到桥上，看一看神仙居的山，看一看仙居的地，好似成了一种礼节。

　　这是我第一次看见神仙居的真面目，它赭色的火山石林立，它绿色的植被铺在岩石上，它逶迤的小路上是步调一致的人，山尖以上是蓝天。蓝天上，白云只有一抹。云有时候会将整个神仙居笼罩，上一次，我们迷迷瞪瞪地游完了整个神仙居。这一次，青天白日，我们狂喜——神仙居迎面而来，如意桥不再影影绰绰。

　　站在如意桥上，我们此时就站在神仙居的中心，看山起伏向远处蔓延而去。山在越来越远的视界中成为绿色的起伏的波涛，远看山时，山会像海。如果没有这些天空中的桥……我曾问过几位仙居当地人，他们都说，在神仙居的桥造好之前，都未曾见过神仙居的风景。他们只能远远望见南天顶佛像的那张脸。那尊佛像后的一切，都显得神秘而遥远。

现在，从如意桥的一端走向另一端，往往需要很漫长的时间。人们移步换景，用眼睛、镜头重新丈量神仙居的风景。或者，也可以说，桥原本就是眼睛。

同伴紧牵我的手，她怕高，小心翼翼地挪步，眼睛只向远处望去，假装如履平地。而我喜欢往下看，看见几处山峦的头圆圆的，匍匐在地面上，山谷与山谷的间隙中，绿色一蓬一蓬，挨挨挤挤。

没有绿色的崖壁，就是光秃秃的，露出有上亿年历史的火山岩。在神仙居，山与树两者分明，有时候是一葱茏树中几爿石，有时候是嶙峋山石中几簇绿树。大自然构思精巧，山与树像是放大了无数倍的精巧盆景。

在这样的美景还未能被展示出来之前，那位建造桥的人说，他们曾为这座桥的选址费尽思量，他们挎上樵夫古老的柴刀，穿上粗布的衣裳，在人迹罕至的神仙居像猿猴一样攀缘，只为了寻找到呈现最美风景的视角。

这个过程，用了好几年。

在神仙居攀爬是极其困难的，山崖陡峻，路途崎岖，大部分区域无路可走。从未有人迹的地方密林丛生。他说，摔过好多次，险象环生。过去好多年了，现在想起来仍心有余悸。但是，那样沿着完全陌生的道路行走，看到的美景无限，每次都令人心颤——那是藏在熟悉的家乡的风景，如今却被自己第一次看到。他觉得自己像拓荒者。

这片脚下的土地，在某一个瞬间像万花筒一样绚烂展开，自此成为每位目睹者脑海中永恒的印记。

他们要确定桥的位置，首先基于能看到美景的最好视角。其次，当然还在于许多精密的数据，比如桥基所能承受的力，钢结构桥面所能承受的力……如意桥、南天顶……它们的位置就是这样确定下来的。

后来，我与另一位道桥工程师朋友交谈。大学毕业以后，他十来年辗转于大多是荒无人烟的路途上，寻找合适的地方架设各式各样的桥。这是一个不错的游戏，他对我说，仿佛在山与山之间填补缺口。

二

每个人的一生中都会走过数不清的桥。不信的话，你可以数一数。

你大概忘掉了大半。

古老的桥、现代的桥，小桥、大桥，曲桥、平板桥，好看的桥、平平无奇的桥。有的桥，可能已经消亡了，有的桥，可能先你千年之前就在那里，在你之后还要存在千年。

如果足够幸运的话，你还会拥有一座桥。

杭州西湖有断桥，泉州有洛阳桥，南洨河上有赵州桥，潮州有广济桥，扬州有莲花桥，晋江有安平桥……它们如此古老，一代又一代的人踏足而过。

这还是古老的名桥呢，还有许多无名小桥，在小巷中，在荒野中，在山林中，在村口的一棵大树下，在一条窄窄的小溪上，有些灰扑扑，有些毛茸茸，有些……只剩下一块石板，那就是逝去的桥了。实际上，我们走过的地方，都有桥。如果你以桥来回溯生命，你会发现，你走过而忘掉的桥那么多，如同我们曾经经历的一切。

我曾见过一个苏州人在一本书里数家乡桥的名字，足足有两页吧，像梦呓一样。我想他要是个画家就好了，他能把他生命中的桥画出来，一座座端给人看。像《清明上河图》中那样，让人走进去，在纸上走，从河的这边走到另一边。但也许，桥嵌入一个人的人生时，光靠想象，很难体会。

如果走过如意桥这样在天上的桥，那大约是很难忘却的吧。

那么高，那么特别，桥原本的要义是一种小段的路，在神仙居，它是天路，是人对美景的祈盼。这种祈盼自古都有，那些高耸入云的建筑，那些直上云霄的飞行器，无一不是人内心对于天空的向往。如果云也能架设桥，那想必如今漫天都是"云桥"。如意桥是一座有限的"云桥"。

我也拥有一座桥，现在仍然拥有。

它在山中，没有名字。从桥头走到桥尾，大约只需要一分钟。我曾用脚步丈量过它的长度，不久就忘得一干二净。而我每次走过，总会不由自主地再用脚步丈量一次，又一次。

它架在一条河上。底下河水清清，游鱼自乐。桥的一头连着我们小小的村庄，一头连着马路，连着马路的那端，两旁植两丛绿竹。这座桥桥拱弯弯，虽然是混凝土浇筑，但年岁久了，桥面浮出青苔，它的年轻硬朗变得温柔隽永。

桥好像比我老些。我出生的时候，桥的两边有青草地。是从那时候起，我开始与桥发生了某种联系。后来，在大人的臂弯中，在大人的背上，我经过桥。再后来，我在桥上蹒跚学步。现在，我与桥的联系变成了一种纯粹的节奏，每年几次，我从桥的这头出发，又从桥的那头归来。

桥是从什么时候在我脑海中留下印象的，我完全不知晓，这是一种无法考证的古老记忆。我记得那些极度寻常但难以忘却的画面——

桥拱下，有人浣衣，有人洗菜，有晾晒的五颜六色的旧旧的被套鼓着风翻飞到河水中。曾经的十多岁的少女躺在它的下方入梦。桥拱中，年轻的男孩子赤身裸体，叫嚣着从高处跃入河中。桥上，年老的人背着锄头回来了，他们的脚步，一年慢过一年。卖菜的、卖肉的、卖锡箔纸的远方小贩驾着破旧的小车从桥上慢悠悠地拐过来，车上通常装一个喇叭，喇叭里，带着各处口音的喊叫声响起来，成为山中一日最陌生的声音。

我常觉得，是桥带来了外面的世界。

也是桥连起了山中的世界。

　　如果没有桥，山中的世界会被切成无数个。没有桥的时候，过水要挽起裤腿。雨季时，人们不再出门，或沿着山脊爬远远的山路走向对面。世界在没有桥的时候显得更遥远、更冷清，有了桥，世界变小了，人们变得不那么寂寞。

　　"你在桥的那头等我。"

　　"我在桥的那边等你。"

　　桥成全了许多等待，桥也像生命中偶尔的停顿。

　　离家时，亲人在桥头晃晃悠悠，归来，亲人仍然在桥头晃晃悠悠。

　　如意桥也一样。我站在神仙居的高处想，神仙居如果没有了桥，就显得无限广大，那些平缓的、陡峭的山脊线，像在世界的另一端。祖祖辈辈住在山脚下的仙居人，一生都未见过另一端的世界。现在，它们虽然还像世界的尽头一样遥不可及，但站在如意桥上，双目可及，神仙居成为更多人等待千万年后惊鸿一瞥的记忆。

　　这样的等待，更漫长一些，更激烈一些。相比日常的等待，它来得盛大而深刻，很多来过如意桥的人，此生大约不会忘记这座桥。它也更珍贵些，人们走上这样高处的桥，不似日常可随时踏上的小桥——如意桥是有距离的美。

我常常想，那些喜爱美景的人，看过美景以后，留下的是什么呢？看过美景以后，总是盼望更多的美景，我想。我站在如意桥的对面，指着一道被彩虹跨过的平缓的山脊线，问那里的工作人员："那里曾有人上去过吗？"

他朝我笑着摇摇头。

我想起我拥有的那座小巧的桥对面的山崖上，有一条壑谷，它陡峭嶙峋，幽深神秘。我总远远地站在桥上望着它。春季时，我猜测幽谷中会开出一树一树我未曾见过的白花。深秋时，我猜测那里会有传说中我未见过的凶猛动物悠悠走过。

许多美妙的联想都在桥上发生，而后忘掉。但只要再一次走在桥上，那些联想又会源源不断地冒出来。

我唯一记得的是月。桥总建在月的下方。站在这座桥上时，月刚好会从对面的山崖上升起。噢，也许不对，也许站在桥上，你可以从无数个方向仰望月。

我曾经和父亲在桥上猜测月的方向。

月升起来时，许许多多和我一样的人，会来到桥上看看这一日的月。月代表着一天将要结束，向世界打起一日结束后的温柔手势，它说，该告别了。

我有个遗憾，即未曾在神仙居的桥上看过月亮。但我在神仙居的另一座桥——南天顶的观景平台上看过落日。如果有那样的神仙居夜中旅程，看完落日等月亮升上来又落下去，那将会是一生都难忘的事。

三

在神仙居，也有从不看美景的人。

我们相约在如意桥。如意桥上的阳光像鱼鳞一样波动。我们走下桥，在桥头的游步道上找了一处树荫等待她的到来。森林中，最后一拨夏蝉发出鸣叫。我们坐在树下，试图观察不同树种的叶子与花朵。

她来了。戴着黄色的安全帽，穿着一身短袖贴身迷彩服，戴着一双深灰色的安全手套，腰上系着安全绳索，背上背一个黑色的双肩包。她老远就向我打招呼，脚步飞快。她是从山的另一边赶过来的。

她叫应春娅，是在神仙居捡垃圾的"蜘蛛人"。此前，我在一些新闻报道中见过高空蜘蛛人如何悬着绳索将自己坠入谷中，又如何握住绳子在峭壁上攀爬。这样如同蜘蛛一样在峭壁上攀缘，只是为了捡拾那些从人类手中飘向山谷的垃圾。我们的眼前就是这么个人。

我喊应春娅应姐，我看不清应姐的表情，她的脸上，套着一个粉红色的面罩，只露出眼睛那一小块，像20世纪90年代《西游记》动画片里的孙悟空。走过来时，她顺手递给我们几瓶冰水。粉色面罩摘下，露出一张白皙的和善的略带纹路的脸——和想象中的"蜘蛛人"相去甚远。

应姐是仙居当地人。

我问应姐，怎么就做了这样危险的工作。

原来应姐也是仙居县猎鹰救援队的专业队员。在进入救援队前，应姐原本日日吃斋念佛。有一段时间，她想了想，如此不如做一些实际上可以帮助他人的事。她身体精瘦，体能又好，和朋友加入了台州的猎鹰救援队。加入救援队的年龄上限是五十岁，应姐今年四十八。

我问："那你救过很多人吧？"

她说："是呀，前两日帮忙救了一个小孩，还帮忙捡过许多手机！"

我问："不怕吗？上上下下的。"

她笑得轻松："习惯啦！而且我有高空证。"

高空证是有能力高空作业的证明——说明"蜘蛛人"不是人人都能当的。

应姐的体能很好。起码不恐高吧，我们开玩笑。

神仙居一共有六个"蜘蛛人"，南北两区各三人，分两队。每次派任务时两人一队，六个人轮流休息。不是为了轻松，是实在辛苦，每天出任务是吃不消的。

应姐给我们展示她裹在腰上的高空装备，有手指粗的绳索，还有类似脚踏的部件。她说，手握住绳，脚抵在踏子上，用腿蹬着石壁一下一下上来。我有些想不明白，但看这样的天气里，应姐这样坐着，鼻尖已冒出了汗，想必是十分辛苦的。

很快，应姐今日的搭档来了，是位大哥，也是应姐的好友。他看起来很健硕，露出的手臂肌肉发达，上下两截两色分明。脸色黑红，像神仙居的崖石。

我们随他们朝如意桥走去。

如意桥是他们常规的作业点之一。道理很简单，人多，垃圾也多。他们常在景区里劝导游人要将垃圾好好地放入垃圾桶，但垃圾总是有的，有时候，一片塑料纸被桥上的风吹着吹着，就落入了山谷。有时，风兜起一个塑料袋，在蓝天下翻飞，还有一个空瓶子，一顶帽子……

应姐他们沿着桥的外侧走下去，那里有一方桥基的空地，我看见他们转了一两圈，在空地的一棵树上绑上了安全绳索。我们所站的如意桥的平台，有镂空的金属缝隙。我们是趴在地上看的。山谷的风从缝隙里吹进我们的双眼。应姐说，她看到了半山腰的树丛中有垃圾袋，在七八十米深的地方，如果要到谷底，那得下两百米。

应姐说，下去轻松，上来一步一蹬，要使上全身的劲儿，有时候，差那么一口气，就上不来了。

应姐感叹，毕竟年纪在这儿。

我喝下应姐给的冰水，一口下去，通体舒爽。我想把一瓶新的递给应姐，她连忙摇头，拍拍背包，她有她的，温的生理盐水。要是喝了冰水，很容易就差那一口气。那种体能达到极限的细微区别，我还未感受过。

而且，在这样的夏季，丛林郁郁葱葱，密林中阴凉惬意，也是蛇虫最爱躲藏的地方，应姐和伙伴们有时会和它们打个照面。

下山谷的是那位大哥，应姐守在树的一旁。两个人互相配合，一个在上方保证安全锁的固定点稳定、牢固，保证上方没有落石、坠物，下方的人安心找垃圾、捡垃圾。

我们仍然匍匐在地面上，有游人好奇，蹲下来和我们一同观察，他们以为应姐他们是自由登山者。我隐隐地看见大哥的手在岩石、树丛中拨弄，但距离远，看不清是什么，只见他往背包一侧塞。他的迷彩服隐没在崖石与树丛中，人变得越来越小，应该很少有游客发现他们。

半个小时后，他们回到了原地。明亮得像露珠一样的汗水正从大哥黝黑的额头上冒出，他似乎更黑了。他从背包的侧面给我们掏出两个饮料的空瓶子，从后侧的口袋中掏出糖果壳、雪糕包装袋、塑料袋、香肠包装袋……站在如意桥边，他像一个从山崖下攀爬上来的拾荒人。

其实，这样细小的垃圾，许多我们都看不见。落入深谷中的，更是难以寻觅。我问应姐，为什么你们能看到那么远的垃圾。应姐笑起来："我们眼里哪有风景，都是垃圾呀！"

她说，前几天还有一顶帽子飞到桥下，挂在一棵树的树梢上，不好捡，他们得想想办法。应姐下午还有许多工作，她摆摆手，和我们说谢谢，并且道别。

四

我曾经看过一本书，美国作家盖伊·特立斯的《被仰望与被遗忘的》。书的第二篇章叫"大桥"，记录了许多美国的造桥工人，他们随着大桥四处流动。

> 他们在一个地方只逗留一段时间，一旦大桥建好，他们就开拔到另一座城市，去修建等待着他们的另一座大桥。他们把所有地方都连接了起来，但他们自己的生活却永远孤独、飘零。
>
> 他们不像那些大桥一样，能牢牢地扎根于一个地方。他们的生活一半像马戏团里的演员，一半像吉卜赛人……

据说，因为如意桥的位置较高，造桥工人在施工的一段时间内，长期驻扎在如意桥的近处。据说这群造桥工人来自四川，专门从事高空作业。

和盖伊·特立斯笔下的美国造桥工人一样，他们游走于高空，走遍大江南北。他们日夜驻扎在即将架起一座桥的地方。有时候，我们不免对他们的职业多了一点幻想，他们的脚步总是比我们远一些、高一些，虽然实际生活将他们牢牢地扎在地面上。也许他们无暇欣赏这里的风景，也许山顶某一瞬间的月光牢牢印在他们的脑海中。

建造如意桥的工人早已四散而去。站在神仙居的许多方位，都能见到他们的杰作。当然，更多的人会将世界上最好的建筑归结为建筑师的杰作，工人们自己也如此。也许某一天，年迈的他们牵着孙辈来到这里，他们只会说："我曾经在这里造过桥。"他们也不会再来，只走向下一座桥，或许更难，或许更简单，或是在更炎热的地方，或是在非常寒冷的地方，他们总是会遇到各种各样的问题，但桥最终会定格下来，关于桥的记忆会被封印其中，偶尔在他们的脑海中释放出一些无言的碎片。桥默默不语，证明着他们在世上的辛勤、努力与劳苦。

盖伊·特立斯还在《被仰望与被遗忘的》一书中说：

　　建桥工们只向儿子讲述美好的回忆，从不讲那些可怕的经历。他们很少提到在高处曾经感到的恐惧，闭着眼睛紧紧地抱住钢梁一动也不敢动。

我很喜欢著名摄影师马克·吕布拍摄的一张照片，照片里是一个正在给埃菲尔铁塔上漆的工人。照片中的工人戴着帽子、叼着香烟、举着刷子，他的身姿优美，神态愉悦，仿佛是在半空中轻盈飘移的舞蹈者。重力在画面上消失。我想，有点遗憾，如果我能遇上造如意桥的工人，我会把这张照片给他看一看。我会打开相机，给正在"接桥"的工人拍一张照。他们注意过自己造桥时的样子吗？

如意桥的工程师告诉我，如意桥从两端开始往中间相连接。我想起古罗马时期优美的拱桥结构。我常觉得这样一种结构，是从两个零向中间走，只有最后拼合到一起，才能达到完美。而我在工作中采访过的大部分建筑师、工程师都习惯用数据说话，在他们眼中，精确就是完美。在造桥工的眼中，精确被注入他们日复一日的工作，成为一种看似乏善可陈实际却通向完美的经验。

很少有工程师会如实地表达内心真实的感受。他们大多陈述逻辑、因果，当询问难处时，他们倾向于向我陈述如何解决难题。要挖掘一种惯于用理性思考的头脑中的感性认识是很难的。

　　我的父亲也曾经造过一座桥。当然，那是一座不太美的桥，它直挺挺的，只是架在那里。它也不太高。父亲造桥时，我去桥下玩，桥基旁是大片盛开的白及。它是一种中药。正在收挖的两夫妻挑着红网兜里的白及一袋子一袋子送到还差一点就连接好的"断桥"上，正在施工的工人会好心帮他们提一把。

　　我看见父亲在桥下走来走去。他的手上，拿着一张图纸。他示意我走远些，去看看田野后山的几棵古老的大树。去年的这个时候，他正在给大树们修院子。他发了好多树的图像给我，是那种巨大树干结出的树瘤。

　　眼前的这座桥，在五六年前被冲毁。被冲毁的桥，裂开一个大口子，露出犬牙差互的断裂面，有一根被拉断的钢筋从仅剩的桥基中戳入空中，有一种坚硬的徒劳。一个少年在旱季时涉水而过，他注目那片残垣良久，而后离开了村庄。在桥未被冲垮的时候，他总是一个人坐在桥头发呆。母亲告诉我，少年的母亲在某一个上午突然离开了人世，此后他常常一个人坐在桥头哭泣、发呆。此前，每逢他放学回家时，他的母亲常常坐在桥头等着他。

　　桥还未建时，一到雨季，这座村庄的人便过不来了。雨

季山中日月长，有人常常打了伞，站在桥基上，试图和对面每一个过路人聊上几句。人真是太寂寞了。人没了桥之后，寂寞似乎更加无处可去。

桥造好后，我对父亲说，还是我们家那座弯弯的桥美。父亲显然对我的话感到不满，因为这也算是他的杰作。但我想，那位少年再归家时，也许会获得一些安慰吧。

还有一座桥，一端的桥基被冲毁，剩下的部分倒是完好如初，有人用一架小小的木排连接住，大约是去割草的人吧。

  …………

我喜欢站在远处看如意桥。如意桥搁在山上，如同一枚白玉发簪。发簪簪着青山，轻轻扣住。

其实，在神仙居，我们走过的第一座桥，叫作问仙桥。它小小的，离山脚的西罨寺不远。追溯西罨寺的历史可知，这座桥也年岁古老，几经消亡与重建。如果从时间维度看，它比如意桥伟大，比南天顶雄厚，因为它的历史更加悠久。

夏季的时候，正逢枯水期，溪涧中细碎的白石露出。有一句话：

山高月小，水落石出。

那天晚上，我又读到一篇小说，一座寺院的僧人为了保护一块碑石，将它翻过来架在山涧之上。来来往往的人踏足其上，哪里知道自己正走在一块举世闻名、价值连城的碑石上。

不知问仙桥是否有被藏起来的古老砖石。

桥的故事，大约是说不完、听不完也写不完的。

如意桥的故事，我们所知的还不多。它似乎和人们的寂寞无关，和人们的历史无关，建好了的如意桥，更多是和美有关。

这是你的雪山，这是你的岩壁 一

周华诚

　　"眼睛看到的，内心感受到的震撼，是任何别的东西都无法替代的。"人在风景里，那个风景就是独一无二的。"你去爬过了，这就是你的雪山，这就是你的岩壁。你看见了，这就是你的天空和晚霞。"

攀岩高手"33流云"（网名）深藏不露。除了肤色稍黑一点，身体壮实一点，平时你根本看不出他身怀绝技。我们坐在一个房间里聊天，四面摆满攀岩装备，而他的讲述云淡风轻。事实上，他经年累月在岩壁悬崖之上攀缘，也玩瀑布速降、穿越丛林，穿越人生中的恐怖地带。

　　攀岩是一种低碳的行走方式，基本依赖于身体本身的能力——抵抗恐惧的能力、持续运作的能力、保持平衡的能力、增强呼吸的能力，像原本就在大自然中的猿猴与飞鸟一样，像千百年前的人一样，去聆听大自然的低语。

　　神仙居有石破天惊的奇峰天险、悬崖绝壁，大片的火山流纹岩成为攀岩爱好者的聚集地。神仙居的公盂是一座至今未通公路的高山古村落，十余户人家，深处群山环绕之中，

须徒步两个多小时才能抵达，有如世外之地，人称"华东最后的香格里拉"。那里的火剑岩、公盂岩、西湾岩、旗杆岩及独柱擎天，成为攀岩爱好者的天堂。

在一面用于训练的岩壁上，我紧紧地抓住"飞拉达"锚点，"33流云"教我感受自己的身体——要放松。要让肌肉舒展，而不是让肌肉始终保持紧张。如果肌肉一直处于紧张状态，人很快就会疲劳，以至"力竭"。然后再感受我的腿——巧妙地移动身体重心，把力量转移到另一条腿上。所谓"高手"，都是通过无数次的训练达成的。只有系统的训练，才能保证身体肌肉的运作达到效率的最大化。

"很多人会以为攀岩是一项冒险。其实这完全是误解。"他提到了纪录片《徒手攀岩》的主人亚历克斯·霍诺德：

　　一个人在毫无保护的情况下攀岩，看起来每一步都很冒险。其实他在完成这次任务之前，经过了无数次训练，他把要走的每一步、会遇到的每一个风险都计算过了。这是一个极其缜密的计划。

他说，我们要确保每一步都是安全的。

　　仙居有一条挂壁公路。公路下方的悬崖上有一组瀑布群，瀑布一个接着一个。"33流云"和朋友一起去玩瀑布速降。很多年后，他依然记得第一次在瀑布顶端时心里的恐惧。

　　"正常人都会恐高。我们要做的就是确保安全。安全永远是第一位。然后，克服内心的恐惧，去完成不可能的任务。"后来很多次，"33流云"都会去那个瀑布群。从瀑布中穿过的一瞬，巨大水流冲击在身上，他能聆听到山野和自然的轰鸣。他觉得自己成为水流的一部分。

　　"你没有上去那片岩壁，就无法想象在那里看见的风景。"他觉得自己是一个在山巅看风景的人。

　　征服了多少座雪山，多少座岩壁，他已经记不清了。喜欢的地方，就一次又一次去，从不厌倦。每年他会去阳朔，每次一个月，在那里训练或者挑战一个新的高度。但是，他享受的是攀岩的过程，而不是结果。"我们攀岩界有个原则，就是超出你能力范围的事，你就先放一放。"

　　"先放一放"，这是大自然教给他的事。攀岩的时候，他身上除背几十斤重的绳索，也一定会带一只徕卡相机。与攀岩本身相比，他更热爱给同行者拍照。有一次在岩壁上，天色已晚，抬头忽然看见一枚红色的月亮。"这辈子就看见过一次那么美的景象。"他掏出相机，让闪光打在岩壁上，拍下了那枚月亮。

他把别人攀登的照片拍下来。"你把这张照片放得大大的，挂在家里，以后可以跟孩子说，'你看，当年老爸也很棒啊！'"他拍了几千张照片，全部免费送给别人。

但最好的风景，只有用眼睛去感受。从理论上来讲，人眼的像素高达五亿多，远远超过任何相机。现在还有无人机，无人机可以飞到天上去，但它也无法跟人的眼睛相比。"眼睛看到的，内心感受到的震撼，是任何别的东西都无法替代的。"人在风景里，那个风景就是独一无二的。"你去爬过了，这就是你的雪山，这就是你的岩壁。你看见了，这就是你的天空和晚霞。"

很多次，他攀在岩壁上，天色大变，电闪雷鸣下起雨来，把人浇得透湿。雨过天晴，也往往会有绝美的风景。他在岩壁上，看见公盂那座古老的村庄，那纯净的风景。"如果那座村庄拆掉了，我也不会再去爬那片岩壁了。"

创作团队简介

稻田读书

读书生活社群文艺品牌。以阅读为纽带，以兴趣为指导，以社群为渠道，通过读书、旅行、创作、展览等方式，激发潜能与才华，共同创造精神世界的诗意与富足。已策划"中国民宿生活美学"书系、"去野"书系、"文艺·家"书系等，出版《山野民宿：从山中来》《山野民宿：到山中去》《借庐而居》《山中小住》《小隐民宿》《且抱古琴》《筷筷有礼》《我爱这有笑有泪的生活》等众多畅销书。

周华诚　　稻田工作者、作家、独立出版人。中国作家协会会员。"父亲的水稻田"创始人。在《人民文学》《中国作家》《散文》《江南》《雨花》《散文选刊》《广州文艺》《人民日报》《光明日报》《文汇报》《解放日报》等报刊上发表作品逾百万字。著有散文集《寻花帖》《春山慢》《廿四声》《陪花再坐一会儿》《素履以往》《一日不作，一日不食》《草木滋味》《一饭一世界》《下田：写给城市的稻米书》《造物之美》，以及小说集《我有一座城》等。获三毛散文奖、浙江省优秀文学作品奖、中国百本自然好书奖等。主编"雅活书系""我们的日常之美书系""稻田氧气书系"等，推出众多畅销市场的图书。

周水欣　江苏省作家协会会员，中国作家协会会员，中国铁路作家协会会员，中国报告文学学会会员，中国散文学会会员。鲁迅文学院第三十三届中青年作家高级研讨班学员。文章散见于《三联生活周刊》《新民周刊》《中国青年报》《女友》《爱人》《雨花》《散文家》《中国青年》《青年文摘》《新华日报》《扬子晚报》等报纸杂志。

草　白　在《人民文学》《十月》《钟山》《作家》《上海文学》《散文》《青年文学》《江南》《天涯》等刊物发表作品百余万字，小说及散文作品被《小说月报》《小说选刊》《散文选刊》《新华文摘》等转摘，入选各种年度选本。出版短篇小说集《我是格格巫》《照见》，散文集《童年不会消失》《少女与永生》等。获第二十五届联合文学小说新人奖短篇小说首奖、第十二届《上海文学》奖、储吉旺文学奖优秀作品奖、《广西文学》优秀作品奖等奖项。

简　儿　中国作家协会会员，冰心散文奖得主。已出版散文集《日常》《鲜艳与天真》《绿荫寂寂樱桃下》《玫瑰记》《枕水而居：不如自在过生活》《今天也要吃好一点》等。

魏丽敏　浙江省作家协会会员，中国散文学会会员。入选浙江省第二批"新荷计划"人才。著有长篇小说《阿金与二宝》，随笔集《长风吹送书画船》，人物传记《忽然来不及——三毛传》《漫画大师——丁聪传》《漫画一生　一生漫画——华君武传》等。另有小说、散文、评论在《青年文学》《文艺报》《中国社会科学报》《书屋》《名作欣赏》《文汇读书周报》等报刊上发表。

松　三　　图书编辑，浙江省作家协会会员。出版作品有《古玩的江湖》《智造密码》等，散文散见于《解放日报》《浙江散文》等。

周天勇　　浙江省作家协会会员，著有散文集《山中日月》。

吴卓平　　资深文化记者，著有畅销书《杭州钱塘风物好》等。